LA FAMILIA TILLERMAN BUSCA HOGAR

Cynthia Voigt

LA FAMILIA TILLERMAN BUSCA HOGAR

Traducción de Anna Benet

EDITORIAL NOGUER, S.A.
Barcelona-Madrid

Título original
Homecoming

Paseo de Gracia, 96, Barcelona

ISBN: 84-279-3211-1

Primera edición: mayo 1991

Traducción de Anna Benet

Impreso en España - Printed in Spain
Gráficas Ródano, Viladecans
Depósito legal: B. 1188 -1991

A Jessica y Walter

Capítulo 1

La mujer asomó su cara redonda y triste por la ventanilla del coche.

–Portaos bien –dijo–. ¿Me oís? Vosotros los pequeños, haced caso a lo que Dicey os diga. ¿Oís?

–Sí, mamá –dijeron.

–De acuerdo pues.

Se colgó el bolso al hombro y se alejó, con sus zancadas desiguales a causa de las correas rotas de las sandalias, enseñando sus delgados codos por los agujeros del enorme suéter y con los tejanos gastados y cedidos. Cuando hubo desaparecido entre la muchedumbre de compradores del sábado por la mañana que entraban por las puertas laterales del recinto comercial, los tres niños menores se apoyaron en el asiento delantero. Dicey estaba sentada delante. Tenía trece años y consultaba los mapas.

–¿Por qué hemos parado? –preguntó James–. Aún no hemos llegado. Tenemos comida. No hay motivo para parar.

James tenía diez años y quería una explicación para todo.

–¿Dicey?

–No sé. Oíste todo lo que dijo, igual que yo. Ya me contarás.

–Todo lo que dijo fue: «Pararemos aquí». No dijo por qué. Nunca dice por qué, ya lo sabes. ¿Estamos sin gasolina?

–No lo he mirado.

Dicey quería un poco de tranquilidad para pensar. Había algo raro en todo aquel viaje, pero todavía no podía adivinar qué.

–¿Por qué no les cuentas un cuento?

–¿Qué cuento?

–¡Hombre!, James, tú eres el supercerebro.

–Ya, pero ahora no se me ocurre ninguno.

–Cuéntales algo. Cuéntales Hansel y Gretel.

–Quiero Hansel y Gretel. Y la bruja. Y la casa de caramelo con palotes de menta –dijo Sammy desde el asiento trasero.

James cedió sin quejarse. Con Sammy era más fácil ceder que pelearse. Dicey se volvió para mirarles. Maybeth estaba sentada en el rincón, encorvada y con los ojos como naranjas. Dicey le sonrió y Maybeth le devolvió la sonrisa.

–Érase una vez... –empezó James, y Maybeth se volvió hacia él.

Dicey cerró los ojos, apoyó la cabeza en el respaldo y puso un pie en el salpicadero. Estaba cansada. Había tenido que estar despierta para consultar los mapas y encontrar carreteras sin peajes. Se devanaba los sesos con algo que le incomodaba.

En primer lugar, ellos nunca hacían viajes. Mamá siempre decía que el coche no podía ir a más de quince kilómetros por hora. Y ahora estaban en Connecticut, camino de Bridgeport.

Pero eso podría tener sentido. Dicey había estado oyendo toda su vida acerca de tía Cilla, tía de mamá, de su gran casa en Bridgeport que mamá nunca había visto y de su rico marido que murió. Tía Cilla enviaba felicitaciones de Navidad año tras año, con imágenes del Niño Jesús en la portada y cartas largas dentro, en un papel tan fino que podía haber sido papel de seda. Sólo mamá podía descifrar aquella escritura como de encaje, con las letras largas, altas y muy juntas, y las líneas chocando entre sí a causa de las colas largas y caprichosas de las zetas, efes y ges. Tía Cilla mantenía las relaciones, lo cual daba sentido a que mamá fuera a pedirle ayuda.

Pero ir en coche así en mitad de la noche no tenía sentido. Eso en segundo lugar. Mamá les despertó a todos y les dijo que empaquetaran su ropa en bolsas de papel mientras ella preparaba bocadillos. Les metió en el viejo coche y se dirigieron a Bridgeport.

En tercer lugar, de repente, habían estado ocurriendo cosas. A ellos las cosas siempre les iban mal, pero últimamente peor que nunca. Mamá perdió su empleo como cajera. La profesora de Maybeth había requerido una entrevista con mamá a la que mamá no quería ir. Maybeth repetiría curso otro año, pero mamá dijo que no quería oír hablar de ello y rompía todas las notas sin leerse ninguna. Maybeth no preocupaba a la familia pero sí a los profesores. Tenía nueve años y todavía estaba en segundo grado. Nunca hablaba demasiado, ese era el mal, con lo que todos creían que era tonta. Dicey sabía que no lo era. A veces aparecía y decía algo que mostraba que había estado mirando, escuchando y entendiendo cosas. Dicey sabía que su hermana podía leer y hacer sumas, pero Maybeth siempre se quedaba callada delante de desconocidos. Y para Maybeth cualquiera en el mundo era un desconocido, excepto mamá, Dicey, James y Sammy.

En cuarto lugar, mamá en sí misma. Recientemente fue a la tienda a por pan y volvió con una lata de atún. Se sentó a la mesa y se tapó la cara con las manos. A veces, se iba un par de horas y luego no quería decir donde había estado, con la cara sin expresión como si no pudiera decirlo, como si no lo supiera. Mamá ya no les hablaba, ni siquiera para regañarles, ni para cantar o inventarse juegos. Excepto con Sammy. Con Sammy hablaba, pero parecían dos niños de seis años, y no uno de seis y su madre.

Dicey seguía con el pie en el salpicadero y el cuerpo repantigado. Miró a través del parabrisas, por encima de las hileras de coches aparcados. Todo el parabrisas estaba salpicado de bichos y el cielo prometía un día bochornoso. Dicey se escurrió aún más en el asiento porque la piel se le pegaba al plástico azul de las fundas de los asientos.

James estaba describiendo la casa de la bruja, enumerando los tipos de golosinas utilizados en las distintas partes del edificio. Era la parte de Hansel y Gretel que James prefería. Cuando describía el tejado hecho de turrón y las persianas de barras de regaliz, Dicey se quedó dormida.

Se despertó empapada de sudor a causa del sol de justicia que entraba a través del parabrisas. Se despertó hambrienta. Maybeth estaba canturreando una de las canciones de mamá.

–Me quedé dormida –dijo Dicey–. ¿Qué hora es?
–No sé –dijo James–. Has estado durmiendo mucho rato. Tengo hambre.
–¿Dónde está mamá?
–No sé. Tengo hambre.
–Siempre tienes hambre. Vete a preguntar a alguien qué hora es.
James salió del coche, cruzó hacia la zona peatonal y paró a un hombre con traje de negocios.
–Las doce y media –les informó James.
–Pues eso significa que he dormido más de dos horas –protestó Dicey.
–Voy a comer –anunció Sammy desde el asiento trasero.
Abrió la bolsa de la comida y sacó un bocadillo antes de que Dicey pudiera decir nada.
–¿Qué quieres que haga? –preguntó James mirándole la cara a Dicey. Su cara, pequeña y estrecha, tenía una expresión preocupada–. ¿Quieres que vaya a buscarla?
–No –dijo Dicey. (¿Adónde habría ido *ahora* mamá y qué estaría haciendo?) –Sammy, dale un bocadillo también a Maybeth. Deja que escoja ella. Luego pasa la bolsa hacia aquí.
Cuando todos tenían un bocadillo y James dos, Dicey tomó una decisión.
–Tenemos que esperar aquí un poco más –dijo–. Luego haremos algo. Voy a dar una vuelta a ver si la puedo encontrar.
–No te marches tú también –dijo Maybeth dulcemente.
–Estaré donde me podáis ver –dijo Dicey–. Me quedaré en la acera. Quizá luego podamos ir todos al recinto comercial y mirar las tiendas. ¿Os gustaría, no?
Maybeth sonrió y asintió con su rubia cabeza.
Dicey estaba absorta en sus pensamientos mientras andaba. En esta calurosa tarde de junio, iba tan deprisa y tan meditabunda que ni siquiera veía a la gente que le pasaba por delante. Si mamá pasaba de pronto, le diría algo.
Estaba preocupada de que mamá se hubiera perdido por ahí y no regresara.

(«Siempre esperas lo peor», le decía a menudo mamá. «Quiero estar preparada», contestaba Dicey.)

Si mamá se hubiese ido... Pero era imposible, ¿no? Pero si se había ido, ¿qué harían ellos? Probablemente, pedir ayuda a un policía. (¿Les pondría en un asilo o en un orfanato? ¿No sería eso precisamente lo que haría un policía o un asistente social?) Podían regresar a Provincetown, regresar a casa. (Pero mamá no pagaba el alquiler hacía semanas y casi era verano, con lo que incluso la vieja cabaña, solitaria sobre las dunas, podía reportar al propietario mucho dinero. El señor Martínez no era nada comprensivo cuando se trataba de dinero o de dar algo gratis. Jamás les dejaría estarse allí para esperar a mamá.) Podían continuar hacia Bridgeport pero Dicey nunca había visto a tía Cilla, la famosa tía Cilla. Sabía el nombre y la dirección porque mamá se la hizo escribir cuatro veces, una en cada bolsa de papel, por si pasaba algo: Sra. Cilla Logan, 1724 Ocean Drive, Bridgeport, Connecticut. Tía Cilla era familia, la única familia de la que Dicey había oído hablar.

El sol pegaba fuerte en el aparcamiento y calentaba el aire de tal manera que, incluso en la sombreada zona peatonal, Dicey tenía calor. Los chiquillos también debían tener calor, pensó, y regresó a buscarles.

Mamá debía haberse marchado adrede. (Pero a ellos les quería, les quería a todos.) ¿Para qué, si no, la dirección en las bolsas? ¿Por qué, si no, les dijo que obedecieran a Dicey? (Pero las madres no hacen cosas tales como marcharse. Era una locura. ¿Estaba chiflada mamá?) ¿Cómo se figuraba que Dicey cuidaría de ellos? ¿Qué esperaba que Dicey hiciera? Llevarles a Bridgeport, por supuesto. (Lo que mamá había hecho, y era lo que hacía siempre, era dejarlo todo en manos de Dicey, porque Dicey era una persona resuelta. «Lo llevas en la sangre», decía mamá.)

A Dicey le invadió la rabia y los ojos se le llenaron de lágrimas. Y ahora, arrebatada, tomó la determinación de llevar los chicos a Bridgeport. Si tenía que hacerlo, de un modo u otro lo haría.

Mamá no estaba en el coche cuando Dicey regresó, así que Dicey dijo que la esperarían hasta la mañana siguiente.

–¿Dónde dormiremos? –preguntó Sammy.

–Aquí mismo... Y sin quejarse –dijo Dicey.

–¿Entonces mamá volverá y nos iremos mañana? –preguntó Sammy.

Dicey asintió.

–¿Dónde está mamá? ¿Por qué tarda tanto? –preguntó James.

–No sé, James –contestó Dicey.

Maybeth estaba callada y con la mirada fija.

Momentos después, Dicey hizo que salieran todos del coche y les siguió de cerca hasta que entraron en el recinto comercial.

El recinto estaba construido como una fortaleza, encerrando una inmensa calle con dos pisos, en los que había una tienda tras otra hasta donde llegaba la vista. En un extremo de la sección central había una jaula con árboles y arbustos de plástico y pájaros vivos. El suelo de la jaula estaba lleno de palomitas de maíz y envoltorios de chicle. En el otro extremo, habían construido una cascada a través de la cual brillaban luces de distintos colores. Fuera, más allá de la acera cubierta que, como un foso, rodeaba el inmenso edificio, se extendía el enorme y gris aparcamiento, tierra de nadie de coches vacíos.

Pero dentro era una feria de colores y sonidos, abarrotada de gente esa tarde de sábado, con luz y plantas artificiales. Una ciudad en miniatura donde un sinfín de diversiones ofrecían sus delicias. Si tenías dinero, por supuesto. E incluso sin dinero podías mirar y asombrarte.

Pasaron mucho tiempo curioseando por las tiendas, mirando juguetes, discos y postales de cumpleaños. Les atraían los restaurantes, que rezumaban olor a espagueti, pizza y pollo frito, las panaderías con bandejas de donuts dorados alineados tras los cristales de los escaparates, las tiendas de golosinas con los mostradores atestados de grandes tarros de gominolas, caramelos ácidos, chocolatines rellenos y pastillas de menta con glaseado blanco y crujiente; las queserías (todas ellas con dos muestras para probar gratis) donde el rico olor de los quesos curados se mezclaba con el del café recién molido, y los puestos de perritos calientes, de donde se alejaron silenciosamente y en fila. Después de eso, se sentaron en un banco sin respaldo delante de la cascada, cansados y hambrientos. Tenían once dólares y cincuenta centavos en total, más de lo que ninguno de ellos había tenido nunca, ni siquiera Dicey, quien aportó todo el dinero ganado guardando niños, siete dólares.

Gastaron casi cuatro dólares cenando en el recinto comercial, y ninguno de ellos comió postre. Tomaron hamburguesas, patatas fritas y, después que Dicey lo meditara, batidos. A ese ritmo, podían hacer otra comida, o quizá dos más, antes de quedarse sin dinero. Aún no había oscurecido cuando regresaron al coche. Los pequeños, detrás, hacían tonterías, guasa, lucha libre, se hacían cosquillas y se peleaban riendo, mientras Dicey examinaba el mapa. La gente pasaba al lado. Nadie les prestaba atención. En los aparcamientos, no es raro ver un coche lleno de niños esperando.

A las ocho y media, Dicey los llevó a todos de nuevo al recinto comercial, para utilizar los lavabos que habían descubierto antes. Después, Sammy y Maybeth se quedaron dormidos enseguida, acurrucados en el asiento trasero. James pasó delante con Dicey. Dicey no veía como podían dormir los dos en el asiento delantero, pero imaginó que se las podrían arreglar. James estaba sentado rígido, asiendo el volante. James tenía la cabeza pequeña y los rasgos bien marcados, nariz afilada, cejas finas y barbilla estrecha. Dicey le miraba detenidamente en la penumbra del coche.

Con sus hermanos cerca, con los dos pequeños durmiendo en el asiento trasero y estando como estaban en un nido de oscuridad, ella debiera sentirse fuera de peligro. Pero no era así. Aunque el coche seguía parado, parecía que bajase volando, que corriese demasiado, por una autopista. Ni siquiera dentro, la oscuridad era lo suficiente profunda como para que les ocultara. Por las ventanillas, podían aparecer rostros en cualquier momento, haciendo preguntas amenazadoras.

—¿Dónde ha ido mamá? —preguntó James, mirando a la noche.

—No tengo ni idea —dijo Dicey—. Te diré lo que pienso. Creo que, si por la mañana no ha vuelto, debemos continuar hasta Bridgeport.

—¿Solos?

—Sí.

–¿Cómo iremos? No puedes conducir. Mamá se llevó las llaves.

–Si tenemos dinero suficiente, podemos tomar un autobús. Y, si no, iremos andando.

James la miró con sorpresa, y al final dijo:

–¿Dicey? Estoy asustado. Tengo el estómago revuelto. ¿Por qué mamá no regresa?

–Si lo supiera, James, sabría lo que tengo que hacer.

–¿Conoces el camino?

–¿A Bridgeport? Puedo consultar un mapa. Y una vez allí, podemos preguntar hasta la casa de tía Cilla.

James asintió.

–¿Crees que la han asesinado? ¿O secuestrado?

–Secuestran a los ricos, no a mamá. No voy a pensar en qué le habrá pasado a mamá, ni tampoco creo que tú debas.

–No sirve de ayuda que piense en ello –dijo James en voz baja.

–No se lo digas a Sammy o Maybeth –le advirtió Dicey.

–No lo haré. No se me ocurriría una cosa así.

Dicey alargó la mano y le dio una palmadita en la espalda.

–Lo sé –dijo ella.

James le agarró la mano.

–¿Dicey? ¿Crees que mamá pensaba dejarnos aquí?

–Creo que mamá pensaba dejarnos en Bridgeport, pero...

–¿Está chiflada mamá?

Dicey volvió la cabeza para mirarle.

–Eso dicen los niños, en la escuela. Y por la forma en que me miran los profesores y me hablan... Y Maybeth. La chifladura puede venir de familia.

Dicey sintió que un gran peso recaía en sus espaldas. Trató de no darle importancia, pero no podía.

–¿Dicey?

–Ella nos quiere –murmuró Dicey.

–Pero esa es la única razón que se me ocurre de que eso sea cierto.

–A Maybeth no le pasa nada. Tú lo sabes.

–Viene de familia. Chifladura hereditaria.

–Bueno, tú no tienes que preocuparte por eso, ¿no? Eres el listo, con sobresalientes en la escuela.

–Ya –dijo James y apoyó la cabeza en el asiento.

–Oye, voy a ir a un teléfono para ver donde está la estación de autobuses y llamarles para saber cuanto cuestan los billetes. Quédate tumbado.

–¿Por qué?

Dicey decidió decirle la verdad.

–Por si acaso. Quiero decir que tres niños dentro de un coche en un aparcamiento por la noche... Mira, James, pienso que tenemos que lograr llegar a Bridgeport, y no sé exactamente qué podría pasar si un policía nos viera. Quizá nos mandaran al orfelinato o algo así. No sé. Y no me quiero arriesgar. Pero un niño solo... y yo soy lo bastante mayor, así que no parecerá raro.

–Vale. Suena bien.

–Tenemos que llegar hasta Bridgeport.

James lo meditó y luego asintió con la cabeza.

–Nunca oí a mamá hablar demasiado de ella. ¿Cómo será tía Cilla?

–Rica –dijo Dicey.

–Será una excursión larga –dijo James.

–Bastante larga –coincidió Dicey, y salió deprisa del coche.

Estaba completamente oscuro. Era una noche encapotada. El aparcamiento estaba casi vacío; sólo quedaban dos coches además del suyo. Dicey se preguntó cuántos coches quedarían en los otros tres aparcamientos. Estarían tan vacíos como debía estar todo el lugar. Esperaba que hubiera más coches en cada aparcamiento. Cuantos más coches hubiera, más seguro les resultaría el suyo.

Dicey se dirigió con toda confianza hacia la zona peatonal, como si tuviese todo el derecho de estar donde estaba, como si tuviera una importante misión que cumplir, como si supiese exactamente donde iba. Recordaba un teléfono en el otro extremo del edificio. No era una verdadera cabina de teléfono, sino una especie de caseta colgada en la pared, con una repisa debajo para sostener la guía telefónica. Probablemente, James la podía ver a ella desde el coche, si la buscaba.

La zona peatonal estaba iluminada y los escaparates de las tiendas también, con lo que avanzaba cruzando zonas de luz intensa. Una vez en el teléfono, sacó la guía telefónica para buscar en las páginas amarillas las compañías de autobuses. Recorrió la lista de nombres con el dedo, escogió uno que parecía local y buscó calderilla en el bolsillo.

Oyó pasos. Se le acercó un hombre con uniforme como de policía, pero marrón en vez de azul y sin la insignia. Iba despacio, como si estuviera seguro de que le esperaría o de que podría detenerla.

–¡Eh! –dijo el hombre. Tenía la palabra «Seguridad» cosida a la camisa. Allí donde su barriga sobresalía, la camisa le colgaba fuera de los pantalones. Llevaba una linterna de mango largo y una pistola al cinto.

Dicey no respondió, pero no dejó de mirar.

–¡Eh, chaval! –insistió, como si hubiese indicios de que ella fuera a salir corriendo y tuviese que darle el alto. Era grueso y desproporcionado. Tenía cara de cerdo, la piel áspera, los carrillos abultados, los ojos pequeños y azules, las cejas claras y la nariz gorda y aplastada. Cuando llegó junto a ella, Dicey dio un paso atrás pero mantuvo el dedo en el número del listín.

–¿Te has perdido?

–Noo... Estoy llamando.

–¿Dónde vives?

–Ahí mismo –dijo Dicey, apuntando vagamente con su mano libre.

–Ve a casa y llama desde allí. Y ahora andando. Si fueras una chica te acompañaría, pero...

–Tenemos el teléfono roto –dijo Dicey.

El guardia agarró la linterna a modo de porra.

–Los teléfonos no se rompen. ¿Cómo va a romperse un teléfono?

–Tenemos un perro de esos que lo muerden todo, zapatillas, papeles..., ya sabe. Y mordió el teléfono. Bueno, el cordón, en realidad.

–¿Me tomas el pelo?

–¡Ojalá!

–¿Cómo te llamas, chaval?

–Danny.

Se sentía extraña y divertida inventado mentiras tan deprisa y tan tranquila como si lo hubiera hecho toda su vida.

El hombre se sacó un chicle del bolsillo. Lo desenvolvió, lo dobló

por la mitad y se lo metió en la boca, masticándolo un par de veces.
–¿Danny qué?
–Tillerman.
A Dicey no se le ocurrió un nuevo apellido que no fuera Smith, y nadie se lo creería incluso siendo cierto.
–No aparentas más de diez años. ¿No es tarde para estar en la calle?
Dicey se encogió de hombros.
El guardia empezaba a sospechar.
–¿A quién llamas?
–A la compañía de autobuses. Mis hermanas y yo pronto iremos a Bridgeport, a casa de mi tía.
Él mascaba y pensaba.
–Pronto... No te habrían mandado después de las diez de la noche a llamar. ¿Qué prisa hay?
–Mi mamá acaba de regresar de la clínica y va a tener el niño algún día de esos, dice el doctor. Y mi tía quiere saber a qué hora llegan los autobuses para irnos a buscar el lunes. Así podemos tomar un autobús que a ella le vaya bien para irnos a buscar. Para mi mamá, ahora es duro salir... ya sabe.
–¿Dónde está tu padre?
–Se fue.
–¿Adónde se fue?
–No sé. Se levantó de repente y se fue el invierno pasado.
El guardia asintió con la cabeza. Buscó en su bolsillo y sacó el paquete de chicles. Ofreció uno a Dicey, pero ella lo rechazó.
–¿Puedo llamar ahora, señor?
–¡Claro! –dijo él–. No te habría molestado de no ser que, por aquí cerca, han roto unos cristales. Creemos que han sido unos niños. Soy el guardia de seguridad y tengo que tomar precauciones.
Dicey asintió. Puso las monedas y marcó el número despacio, esperando que se marchara. Pero se quedó allá escuchando. Detrás de él estaba el aparcamiento, un espacio abierto donde las dispersas matas de arbustos proyectaban sombras alargadas sobre el suelo.
Una voz impersonal respondió. Dicey preguntó con respecto a los billetes a Bridgeport, qué costaban.

–¿Desde dónde a Bridgeport?

Dicey intentó recordar el nombre. «Pisanda», decía en el mapa. Lo pronunció Pis-Anda, y el guardia frunció el ceño al oírlo.

–¿Desde Pisanda? –preguntó la voz, pronunciándolo Pi-san-da.

–Ajá.

–Dos dólares con cuarenta y cinco centavos por persona.

–¿Cuál es la tarifa infantil?

–Igual. El importe es por asiento, a menos que tenga un niño menor de dos años.

–¿A qué horas hay autobuses?

–Cada dos horas, de ocho a ocho.

Dicey dio las gracias a la voz y colgó el teléfono. Se quedó con los brazos colgando a los lados, esperando que el guardia le dejara irse.

Él se la miraba detenidamente con sus ojillos de cerdo.

–Y ahora será mejor que regreses –dijo, y luego añadió–: No has anotado nada.

–Tengo buena memoria.

–¿Sí? Te haré una prueba. –Su cuerpo bloqueaba el camino hacia la segura oscuridad del aparcamiento–. ¿No recuerdas nada acerca de unos cristales rotos en el recinto comercial, eh?

–No sé de qué me habla.

–Eso es lo que me asombra. Me asombra de veras, Danny. Dijiste Danny, ¿no? Tillerman, ¿no era eso? Mira, nos imaginamos que probablemente lo hicieran chiquillos ya que no han robado nada. O quizá lo hiciera un chaval solo, ahora que lo pienso.

Dicey le miró ferozmente.

–He dicho que no sé nada.

Él extendió un brazo para impedirle el paso.

–No se me ocurre por qué tendría que creerte. ¡No!, ahora que lo pienso, no voy a creerte. Lo único que me preocupa es ¿qué hago contigo?

Dicey no se lo pensó dos veces y actuó. Levantó la rodilla derecha como para darle un golpe en la ingle, donde ella sabía que le dolería mucho. Él bajó el brazo y dio un paso atrás para protegerse. En ese mismo instante, mientras él perdía el equilibrio, Dicey puso sus pies en polvorosa. A todo correr, se metió en la oscuridad del aparcamiento. Él fue tras ella, con gran estruendo.

Dicey corría ligera. Estaba acostumbrada a correr en la playa, donde la arena se hunde bajo los pies y entorpece el empuje de las piernas. Correr sobre asfalto era más fácil. Dicey dejó atrás al perseguidor, ya que sus pasos eran pesados y su respiración penosa. Él estaba en baja forma y demasiado gordo para pillarla. Tuvo tiempo de esconderse detrás de uno de los parterres que adornaban el aparcamiento. Estaba segura de que nada la delataría.

Él se paró junto a la entrada principal, enfocando su linterna, cual ojo luminoso, por todo el aparcamiento. Dicey le observaba. Él aguzaba el oído, pero jadeaba tanto que ella estaba segura de que no podía oír otra cosa que la sangre aporreándole los tímpanos. Se sonrió.

–No tienes escapatoria –chilló él–. Será mejor que salgas ahora, chaval. No haces más que empeorar las cosas.

Dicey se tapó la boca con la mano.

–Ahora ya te conozco. Te encontraremos –dijo él. Se apartó rápidamente del aparcamiento y miró a lo largo de la fachada del recinto comercial. Iba encorvado tras la linterna.

–¡Estás ahí! ¡Te puedo ver! –gritó.

Pero estaba mirando en dirección equivocada. Dicey ahogó una risilla y se mordió la mano.

Él retrocedió hacia el aparcamiento, aguzando el oído, y luego, empezó a soltar palabrotas. Lanzó la luz sobre el terreno oscuro, intentando descubrir su escondrijo.

–¿Danny? Te voy a encontrar.

Dicey se alejó sigilosamente con sus playeras silenciosas amparada por la oscuridad. Él continuó chillando:

–Me acordaré de tu cara, ¿oyes? ¿Me estás oyendo? ¿Me oyes?

En medio del aparcamiento, a salvo gracias a su propia velocidad y a la oscuridad, Dicey se detuvo. El corazón se le henchía de orgullo.

–Te oigo –le contestó muy bajito, mientras corría hacia la carretera vacía y el bosquecillo de más allá.

Mucho rato después, cuando regresó al coche, James se despertó.

–Todo bien –susurró Dicey, acurrucándose en el frío asiento.

Capítulo 2

Dicey se despertó al despuntar el día. Un rocío frío salpicaba el parabrisas. El cuerpo de James, apoyado en su costado, era lo único cálido en el coche. Él aún dormía, con lo que ella no se movió aunque le dolían los músculos, entumecidos de tenerlos estirados. Miró la salida del sol sobre un cielo frío y gris que se iba calentando e iluminando a medida que los primeros rayos de luz pasaban de color melocotón a dorado, luego a amarillo y luego a blanco. Con los otros dormidos al lado, se sintió contenta. El coche era un escondrijo en el que estaban a salvo. Les mantenía unidos; y les protegía de las fuerzas externas, el frío, la humedad y la gente.

Al fin, James se movió y abrió los ojos. Los cuatro tenían los mismos ojos color avellana, aunque Dicey y James tenían el pelo oscuro de su padre en vez del pelo rubio que Maybeth y Sammy heredaron de su madre.

Los ojos color avellana de James miraron a Dicey un momento antes de hablar.

–Sigue siendo cierto.

Su voz era triste y sepulcral. Su madre se había ido de veras.

Dicey asintió. Sammy emergió del asiento trasero.

–Tengo que ir al lavabo. Aviso.

Dicey volvió la cabeza y un músculo se le crispó a lo largo de toda la espalda.

–¿Maybeth? ¿Estás despierta?

Maybeth estaba despierta.

–Pues vale. Cojamos las bolsas de ropa y vayamos a cambiarnos. Y la bolsa de la comida también, si queréis desayunar fuera.

Dicey tomó el mapa de Connecticut y lo embutió en su bolsa de ropa.

Era domingo y en el aparcamiento no había nadie. Los mismos pocos coches seguían estando vacíos. El aire estaba despejado, limpio y claro, suavemente suspendido sobre el mundo. Los niños salieron aprisa del coche y Dicey les guió, cruzando la carretera, hacia la zona del bosque donde estuvo escondida la noche anterior. Les condujo hacia donde había mayor densidad de árboles, y entonces se separaron para ir al lavabo.

Se comieron los últimos bocadillos de manteca de cacahuete sentados en un pequeño muro de piedra, oyendo unos pocos pájaros y mirando cómo se filtraba la luz brillante del sol y hacía dibujos en el frondoso suelo del bosque. El aire empezaba a calentarse.

Dicey acabó el bocadillo y arrugó el papel de cera. Lo echó en la bolsa de la comida. Luego se quitó la ropa y se puso unos tejanos cortos y una camiseta. Se puso además un par de calcetines. Los demás también se cambiaron. Dicey insistió en que se pusieran calcetines.

–¿Por qué? –preguntó James–. Con calcetines hace más calor.

–Si vamos a andar, evitarán que nos salgan ampollas.

–¿Es eso cierto? –pidió James–. Nunca he tenido ninguna ampolla.

–Por supuesto que es verdad –contestó Dicey–. Ahora, dejadme mirar el mapa y pensar.

Los pequeños exploraron el bosquecillo mientras Dicey estudiaba el mapa. La carretera por la que habían estado circulando era la ruta 1. Podían continuar por ella durante algún tiempo, luego tenían que seguir la autopista para cruzar el río Thames, hasta New London. Después de eso, tenían que desviarse hacia una carretera que iba por la costa, porque la ruta 1 se metía en la autopista un buen tramo. Había que cruzar el río Connecticut, ir por la ruta 1 otra vez, o quizá podrían tomar una carretera costera, hasta New Haven. Después de New Haven, en el mapa estaba señalada una zona amarilla que unía las ciudades a lo largo de todo el trayecto hasta Bridgeport. Eso significaba áreas densamente pobladas. Pero la ruta 1 pasaba por ahí.

Dicey miró el mapa. Quizá dos o tres días, opinó. Tenían unos siete dólares, con lo que se podían gastar unos dos dólares al día en comida. La mitad de lo que habían gastado el día anterior en una cena. Pero no pasaba nada, porque nadie se muere de hambre en dos o tres días. Se puede estar terriblemente hambriento, pero morirse, no.

–¿James? –gritó ella–. Maybeth. Sammy. Venid aquí.

Acudieron corriendo y se sentaron en círculo alrededor del mapa. Dicey les mostró donde estaba Bridgeport y más o menos donde estaban ellos. Luego les anunció:

–Vamos a ir andando hasta Bridgeport.

Tenía la idea tan clara que no estaba preparada para que le hicieran preguntas.

–¿Y mamá qué? –pidió Sammy.

–No sé donde andará –dijo Dicey.

–Podemos esperarla aquí –dijo Sammy, enfurruñado.

–No. No podemos –dijo Dicey, y les contó lo del guardia–. Mamá sabrá que continuamos hacia casa de tía Cilla –dijo Dicey. A Sammy se le puso la cara larga–. No podemos volver –dijo Dicey– y a alguna parte tenemos que ir.

–Es verdad –intervino James–, ¿pero por qué no vamos en autobús?

–Porque no tenemos bastante dinero. Cada billete cuesta dos con cuarenta y cinco. Eso hace nueve dólares con ochenta centavos en total y sólo tenemos siete dólares.

–Si ayer no hubiéramos cenado... –dijo James.

A Dicey, esto ya se le había pasado por la cabeza.

–Pero lo hicimos –le cortó–. Así que no es bueno pensar en ello si ya está hecho. Tendremos que ir andando. ¿Maybeth?

Maybeth levantó los ojos del círculo de piedras que estaba haciendo a su alrededor.

–Muy bien, Dicey –dijo, sin dudas ni preocupaciones en sus ojos redondos y color avellana. Sólo *muy bien*. Dicey sintió ganas de abrazarla.

–¿Estás lejos? –preguntó James.

–No lo sé seguro –dijo Dicey.

–¿Cuánto podremos andar al día? –preguntó James.

–Sólo hay una manera de saberlo, ¿no? –preguntó Dicey. Sammy fue el único que no le devolvió la sonrisa.

–Será duro –añadió–. Tenemos que llevar lo menos posible. Una sola bolsa para todos nosotros.

Clasificaron todo el contenido de las bolsas. Sammy, sentado con las piernas cruzadas, con la mandíbula apretada y hurgando la tierra con el dedo, no quería hablar ni ayudar. Dicey sacó dos mudas de ropa interior y dos camisas limpias para cada uno, luego añadió un par de calcetines de repuesto y un peine. Los cepillos de dientes podían conseguirlos donde tía Cilla. Cuando terminó, estaba llena casi media bolsa. Con el frío de la mañana parecía lo bastante ligera, pero sabía que se iría volviendo pesada a medida que transcurriera el día. Inhaló el fresco y fragante aire y miró a su alrededor.

–Yo no voy –dijo Sammy, mirando a Dicey forzadamente.

–¿Qué harás? –le preguntó James, con toda sensatez.

–Esperaré a mamá aquí. Bueno aquí no, en el coche.

–Sammy, tienes que venir con nosotros –dijo Dicey–. Primero iremos a guardar estas otras tres bolsas en el coche, luego empezaremos a andar. Así que levántate.

Sammy meneó la cabeza negativamente.

–¿No lo entiendes? –le preguntó Dicey–. Mamá no va a volver aquí.

Sammy no le respondió. Sammy era desmesuradamente testarudo. Cuando se le metía algo en la cabeza, no había nada que le hiciera cambiar de idea. Las amenazas no servían de nada. No le importaba que le dieran una zurra o un bofetón. Las explicaciones tampoco servían; era como si no oyera nada de lo que le estabas diciendo. Ni siquiera mamá podía obligarle con amenazas a hacer algo. Ni siquiera James podía conseguirlo con sus triquiñuelas.

Pero no puedes marcharte y dejar a un niño de seis años solo, en el bosque, en un sitio desconocido.

Dicey se agachó a su lado. Los otros dos se quedaron silenciosos, de pie detrás de ella.

—¿Sammy? Mamá no va a volver aquí. Eso es lo que creo. Creo que se ha olvidado.

—Mamá no se olvidaría de mí.

—No, no lo haría. Pero se ha olvidado de donde estamos, creo. Así que si vamos a casa de tía Cilla, probablemente sea allí donde esté. Tenemos que ir a buscarla.

—No quiero —dijo Sammy, pero estaba meditando acerca de lo que ella le decía.

—Yo tampoco quiero —dijo Dicey—. Pero tenemos que hacerlo.

—No, no tenemos por qué hacerlo —dijo Sammy.

Dicey se levantó frustrada y dio una patada en el suelo.

—Pues te llevaré a cuestas —le anunció ella.

—Te daré patadas —le dijo él, pero se levantó.

Maybeth dio un paso adelante.

—No, no lo harás —le dijo a Sammy—. Mamá dijo que hiciéramos lo que nos dijera Dicey. Tú lo oiste.

Los dos se miraron fijamente. Ambos eran rubios, fuertes y tenían la barriga redondita. Sammy era más bajo que Maybeth pero casi pesaban lo mismo.

—Sammy, por favor —dijo Maybeth.

—Vale —dijo Sammy.

En el límite del bosque, ahí donde las hierbas del borde de la carretera ocultaban el pavimento, se pararon a esperar un claro en el tráfico. Era domingo por la mañana. La gente iba a misa o a la playa. Los niños se volvieron y pudieron ver su coche, verde y solitario, en medio del aparcamiento.

El coche era como una especie de hogar, pensó Dicey. Entendía por qué Sammy quería quedarse allí.

Cruzaron la carretera, pero se detuvieron en el borde del aparcamiento. Un coche azul de la policía daba vueltas por el terreno. Paró al lado del coche de ellos. Un policía salió y abrió la puerta. Metió la cabeza dentro. Abrió la guantera y revolvió entre los mapas, como si estuviera buscando algo. Dio la vuelta al coche. Se anotó algo en un bloc. Después miró hacia el recinto comercial.

—Caminad —ordenó Dicey, y tomó a Sammy de la mano—. Que ninguno mire hacia nuestro coche.

Echaron a andar, alejándose del recinto comercial, del aparcamiento y del coche. Dicey les guió hacia la ruta 1 de nuevo, y una vez allí, tiraron hacia al sur. Echaron las tres bolsas en el primer cubo de basura que vieron. Nadie dijo ni una palabra.

La ruta 1 estaba llena, en su mayor parte, de garajes, pequeños centros comerciales, tiendas de saldos y puestos de comida rápida. Había pocas aceras y ninguna zona verde. Caminaban por el hormigón, el asfalto o la grava del borde de la carretera. Pronto les dolieron los pies. Dicey iba a la mitad de su marcha normal debido a que Sammy tenía las piernas cortas. Los camiones hacían estruendo al pasar y el sol calentaba cada vez más. El aire olía a aceite y gasolina, y a nada más. Después de una hora y media, Sammy empezó a quejarse. Era la primera vez que alguno de ellos hablaba.

Dicey les dejó sentar en el primer McDonald que encontraron con mesas fuera. De uno en uno, fueron entrando al baño. Tenían que atravesar una habitación que olía a hamburguesas y patatas fritas, y los cuatro se dieron cuenta de lo hambrientos que estaban. Dicey pidió dos coca-colas grandes para compartir entre los cuatro.

Eso les refrescó, y el estar quietos también.

–¿Cuánto falta? –preguntó Sammy.

–Mucho –dijo Dicey–. Esta noche, tendremos que dormir al descubierto.

–Estupendo –dijo Sammy–. ¿Podremos hacer un fuego?

–No lo sé. Depende del sitio que encontremos. Esta carretera es horrible.

–Ya lo creo –afirmó James–. ¿Dicey? ¿Cuándo comeremos?

–Lo he estado pensando –respondió–. Lo mejor será que andemos un poco más, y que luego paremos un rato. Así que, cuando hayamos caminado más o menos otra hora, entraré en un supermercado. Comeremos fruta cada día, y quizá algún donut y leche. Miraré lo que hay. Tenemos que hacer durar el dinero.

Fue duro reanudar la marcha. Sammy andaba a rastras colgado de la mano de Dicey y ella le regañó repetidas veces para que no se rezagara. Como no le gustaba que le riñeran, aún estiraba hacia atrás un poco más, aunque fingía ir tan rápido como podía. Dicey volvió la cabeza y vio a Maybeth y James caminar penosamente. El tráfico les pasaba justo al lado, con gran estruendo y bocinazos. Fueron avanzando, edificio tras edificio y algún ocasional tramo libre donde los delgaduchos árboles parecían hierbajos crecidos. A Dicey le dolían los dedos de llevar la bolsa, con lo que se la puso bajo el brazo y la agarró por debajo.

Los minutos no pasaban. Dicey comprobaba la hora en cada garaje que veía. A mediodía, empezó a buscar un sitio donde comprar la comida. Dejaron la carretera en el primer centro comercial que encontraron y fueron hacia la puerta del supermercado, abierto al público en domingo. Dicey dejó a los pequeños con James, sentados en un bordillo al lado del super, y entró sola.

La puerta eléctrica se abrió ante ella. Dicey se dirigió hacia el sector de comestibles sin siquiera preocuparse de tomar un carrito. Si conseguía gastar sólo cincuenta centavos en la comida, quedaría dólar y medio para la cena. Escogió cuatro manzanas y luego buscó el lugar que había en todos los supermercados donde estaban de oferta los artículos caducados. Lo encontró al fondo, cerca de la sección de carne. Se quedó delante un momento, y eligió una caja de donuts a mitad de precio. Eso haría tres donuts y una manzana para cada uno.

Le costó ochenta y ocho centavos.

Comieron sentados en el bordillo, con el sol calentándoles la cabeza. Sammy no pudo comerse el tercer donut pero no quería cederlo, así que Dicey lo guardó en la bolsa. Entraron de dos en dos en el supermercado, primero James con Sammy y luego Dicey con Maybeth, para beber agua del surtidor y usar los lavabos. La pareja que estaba fuera vigilaba la bolsa mientras la otra pareja estaba detro.

–Ahora descansamos –dijo Dicey.

–¿Cuánto falta? –preguntó Sammy.

–Ya te lo he dicho. Hoy no llegaremos.

–¿Dónde pasaremos la noche? –preguntó él.

–Te lo diré cuando lleguemos –le dijo ella.

–No he visto ningún sitio que pareciera bueno para dormir –dijo James.

–Me imagino que, para encontrar algún sitio, tendremos que dejar esta carretera. Si no los coches no nos dejarían dormir. Me imagino que deberemos desviarnos de la carretera y ver qué encontramos. Esta mañana había aquel bosque. Eso ya nos serviría. Seguro que habrá otros. ¿No creeis?

–Andar es un rollo –dijo Sammy.

–Piensa en los soldados que tienen que ir a paso de marcha a todas partes –dijo Dicey.

–Podemos hacer como si fueramos soldados –dijo James, y se le iluminó la mirada–. Tú podrías ser el general, yo podría ser el comandante, y Sammy y Maybeth podrían ser los soldados. Y podríamos cantar canciones mientras andamos, así parecería un desfile, y quizá podríamos hacer instrucción. Podríamos ser soldados de la Revolución camino de Concord.

Dicey no les dijo que eso no cambiaría las cosas, que tendrían que seguir andando. Estuvo de acuerdo con la idea de ir así.

–Todo el que hable contigo tiene que llamarte mi general –James elaboraba el plan–. Y vosotros dos, a mí, tenéis que llamarme mi comandante. Nos haría falta un tambor.

Cuando se pusieron de nuevo en camino, cantaron una canción que hablaba de la marcha hacia Pretoria y de la Bella Peggy que bajaba corriendo las escaleras con su dorado pelo suelto. Era una canción que cantaba mamá. Incluso había un verso que venía a cuento. «¿Qué pensará tu mamá?», porque en la canción, la Bella Peggy se fugaba con el capitán.

La tarde transcurría, llegaba a su fin. Cada vez hacían descansos más largos y recorridos más cortos. A media tarde, se tumbaron en un terreno oculto por la vegetación, cerca de dos pequeñas casas, las únicas casas que vieron en toda la tarde.

–No me gustaría vivir en esta carretera. ¿Y a vosotros? –dijo Dicey a ninguno de ellos en particular.

–Apuesto que antes no era así –contestó James–. Puede que antiguamente fuera un camino bonito. Un camino vecinal. Y esa gente quizá sean viejos y pobres y no puedan permitirse el traslado. Como nosotros.

–Ya, pero nuestra casa estaba en las dunas, y teníamos el océano delante. Nuestra casa era más bonita que las que prefiere la demás gente.

–Pero la bañera estaba en la cocina –le recordó James–. Era pequeña, incluso más pequeña que estas casas.

–¿Y qué?

–No hubiera querido vivir en ella nadie más. Sólo nosotros. Algunos niños decían que sus padres pensaban que iba a caerse a pedazos.

–¿Y a mí qué me importa lo que diga la gente? –preguntó Dicey.

–Decían que era una chabola –continuó James.

–Me gustaba –dijo Dicey–. Es mejor el océano que los cuartos de baño lujosos, de todas todas.

En la pequeña casa de planta única, de al lado, se oyó un portazo. Volvieron la cabeza y vieron como salía una vieja enérgica agitando una escoba y gritando mucho.

Les estaba gritando a ellos. Dicey no podía oír lo que decía, pero lo entendió por la furiosa expresión de cólera que ponía la mujer. A medida que se acercaba, pudieron oírla.

–¡Fuera de aquí, fuera! ¡Vamos, largo! Voy a contar hasta diez y luego llamo a la policía. Estoy harta de vosotros, chavales. Andáis vagando por ahí, descolgándome la colada y tirándola al suelo, tirándome vuestros trastos y botellas al césped, tirándome piedras a la puerta, y haciendo ruido con vuestros coches. Uno... –chillaba , agitando la barbilla arriba y abajo.

Los cuatro niños se levantaron de un salto.

–¡Vámonos! –dijo Dicey.

–No puedo –dijo Sammy–. Estoy cansado.

–Pues tienes que poder –dijo James.

–No, no puedo.

Dicey trató de persuadirlo.

–Somos soldados, ¿te acuerdas?

–No, no lo somos. Sólo lo hacíamos ver. Me tendréis que llevar a cuestas.

Dicey también estaba cansada.

–Pues te dejaré aquí –dijo ella.

–Vale –dijo Sammy sin levantarse.

La vieja chilló otra vez.

–Yo tengo que llevar la bolsa –alegó Dicey.

Él la miró sin inmutarse.

–Vale, vale –accedió Dicey. James tomó la bolsa de papel. Sammy se encaramó a la espalda de Dicey. Y se pusieron en camino, acompañados de la voz de la vieja:

–¡Y no volváis nunca más!

–No volveremos –murmuró Dicey–. No se preocupe.

Era una tarde abrasadora, más sofocante y cegadora para Dicey con Sammy a la espalda. Jadeaba y el aire tenía mal sabor. Los estridentes coches rugían al pasar, sin prestarles atención. Dicey se forzaba a mover los pies y las piernas, a agarrar bien fuerte los pies de Sammy y a mantener la espalda erguida para que le doliera menos en el largo trayecto.

Sólo eran las cuatro cuando se pararon en un semáforo, esperando que se pusiera verde para cruzar la carretera.

–¡Bájate! –le dijo Dicey a Sammy, y él se dejó resbalar hasta el suelo.

Como máximo, les quedaban otras tres horas de luz. Pero Dicey no podía dar ni un paso más. Se dio la vuelta y vio que los enormes ojos de Maybeth estaban empañados de lágrimas.

El semáforo cambió y cruzaron. Dicey se paró al otro lado.

–Vale –dijo ella–. En la próxima tienda compraré comida. Luego tendremos que alejarnos de esta carretera para encontrar un sitio donde dormir. Será difícil, porque tiene que ser un lugar en que podamos estar solos.

Tres rostros asintieron, exhaustos y sin expresión en la mirada.

Dicey se paró junto a un pequeño supermercado. De nuevo, entró sola. Compró plátanos (era lo más barato), un paquete de salchichas, una barra de pan (se podía envolver la salchicha con una rebanada de pan, como un bocadillo) y un envase de dos litros de leche (así salía un poco más barato). Costó casi tres dólares, pero no se le ocurría qué hacer para reducir los gastos. Se estaban quedando sin dinero.

Encontraron un camino estrecho que se alejaba de la ruta 1, con una señal que decía: PLAYA DE PHILLIP 10 KM. Dicey les ayudó a cruzar la carretera de cuatro carriles y se metieron por el camino. Eligió aquel camino por la señal de «calle sin salida», lo que, calculó ella, significaba que no circularían demasiados coches. Resultó ser una buena idea. La calzada serpenteaba, como un río, a través de una zona boscosa y pronto el ruido de la carretera se desvaneció a sus espaldas.

El camino dio dos grandes curvas antes de que Dicey viera una casa destartalada con una cartel de «en venta». La casa tenía una especie de entradita con césped que llegaba casi hasta el camino. Parecía abandonada, con todas las maderas descoloridas y astilladas.

–Quedaos aquí –dijo Dicey.

Ella cruzó por delante de la casa, en cuya corta calzada la hierba estaba tan crecida que le indicaba que no habían pasado coches desde hacía tiempo. Dio la vuelta hacia atrás, preparada para salir corriendo si aparecía alguna cara en las ventanas desiertas.

El patio, desaparecido bajo la vegetación y abandonado durante mucho tiempo, se extendía por detrás de la casa hasta un árbol enorme y, más allá, hasta el bosque. El silencio se extendía por encima de la hierba alta y los árboles lejanos. Había un porche abierto a lo largo de la parte trasera de la casa. Eso significaba que podrían estar algo resguardados.

Dicey regresó trotando y llamó a su familia para que se reunieran con ella.

El patio era como un parque particular, sin columpios, por supuesto, pero verde y sembrado de árboles. Dicey se sentó en medio, entre las dos bolsas marrones, la de ropa y la de comida. Los demás se sentaron frente a ella.

–Se está bien, ¿no? –preguntó James, pero no esperó respuesta alguna–. Quizá simplemente deberíamos quedarnos y vivir aquí. No se estaría mal del todo. Apuesto que podemos encontrar una forma de entrar en la casa.

–Eso es intrusismo –dijo Dicey severamente.

–Está vacía –apuntó Sammy.

–Estaba soñando despierto –dijo James, y se tumbó entre la alta hierba con los brazos y piernas abiertos. Cerró los ojos. Una sonrisa perezosa flotaba en su pequeño rostro–. Estoy en una cama. Mejor que una cama. En una nube.

Se quedaron todos dormidos. Cuando se despertaron, franjas alargadas de luz se extendían a través del patio. Sammy fue el primero en levantarse y despertó a los demás llamándoles desde el fondo del patio.

—¡Eh! ¡Aquí detrás hay un arroyo! ¡James! ¡Despertaos y venid a mirar!

Dicey, que tenía la espalda demasiado dolorida para ponerse en pie de un salto como hicieron los demás, se quedó acostada, poniéndose boca abajo para verles cómo corrían a reunirse con Sammy. Estarían entretenidos un rato. No se tenía que preocupar por el agua. Todos eran prudentes con el agua y buenos nadadores. Viviendo cerca del mar, tenían que serlo.

Se preguntó qué hora sería y cuánto rato de luz les debía quedar. El sol todavía estaba sobre el horizonte. ¿Las siete, quizá? Sería aproximadamente esa hora. Pero quería mirar el mapa antes de que se fuera la luz para ver dónde estaban. Y necesitarían recoger algo de leña. Oía chapoteos y voces mientras reseguía el mapa con el dedo.

En un día debían haberse hecho la mitad del trayecto. Partió de un punto llamado Madison y comenzó a retroceder con el dedo. No veía marcada la Playa de Phillip por ningún sitio.

Llamó a James. Él se había fijado en una señal que indicaba que estaban cerca de Stonington.

—¿Qué? —volvió a gritar ella, y él se lo deletreó.

Pero Stonington estaba pegado a Pisanda, con lo que no habían adelantado casi nada. Llamó a James de nuevo. Él estaba completamente seguro. Era Stonington. Dicey, con el dedo, tomó la medida de la escala, en la esquina inferior del mapa. ¿Así que habrían recorrido quizá doce kilómetros? Quince, quizá. A este paso —Dicey fue deslizando los dedos por los tramos de carretera— tardarían días. Más de una semana. Dos semanas.

Tenían que hacer durar el dinero, y la comida. Rápidamente calculó la manera de comer por la noche sólo la mitad de la comida y el resto guardarlo para la cena siguiente. Se acabaron las coca-colas; habían costado sesenta centavos. Se acabaron los pequeños supermercados; eran más caros. Podían pescar en el estrecho de Long Island o en los ríos (tenían que comprar tanto un anzuelo como un sedal). ¿Y por qué no tenían un cuchillo? Ninguno de ellos tenía ni siquiera una navaja.

No lo habían planeado como es debido. Ni siquiera lo habían planeado. Dicey no veía cómo iban a arreglárselas hasta Bridgeport. Se le hizo un nudo en el estómago. No había nada que pensar, ¿eh? Simplemente seguir adelante. Quizá la gente les diera comida. Quizá ella pudiera conseguir dinero o comida de alguna forma. No podía imaginar cómo se las arreglarían. Pero de algún modo se las arreglarían. Luego no pensó más en ello. No podía.

Recogieron madera, algo de leña menuda y varios puñados de hojas secas. Acostumbrados a hacer fuegos en la playa, no les fue difícil encender el montoncito inicial de hojas y leña pequeña, con las cerillas que Dicey había tomado del mostrador de la tienda. Ensartaron las salchichas en ramitas verdes, y cuando estuvieron asadas, las envolvieron con rebanadas de pan. Se pasaron el envase de leche una y otra vez. De postre, cada uno tenía medio plátano y un cuarto del donut de Sammy. El fuego, alimentado ahora con ramas más grandes, ardía animadamente. Estaba oscureciendo. Dicey quería que durmieran en el porche.

–Allí estaremos más protegidos –explicó.

–Yo voy a dormir al lado del fuego, que se está más caliente –dijo Sammy.

–Ya no pondremos más leña en el fuego –le contó Dicey.

–¿Por qué no?

–Es peligroso. Se puede propagar y te podrías quemar.

–Antes me despertaría –dijo Sammy–, y no me quemaría.

–Pues no voy a arriesgarme –dijo Dicey.

–Pues, de todas formas, dormiré aquí –dijo Sammy, y se puso boca abajo frente al fuego, con la lumbre iluminando su obstinado rostro.

–Tenemos que dormir juntos –dijo Dicey.

–No veo por qué –le contestó bostezando.

–Tenemos que permanecer juntos –repitió ella.

–Pero mamá no está –respondió él.

–Pues tenemos que estar juntos –dijo Dicey.

–Bueno, no me importa –dijo él. No quiso decir ni una palabra más y pronto se quedó dormido.

Maybeth fue a acurrucarse junto a Dicey, apoyándole la cabeza en el muslo.

—Está bien, Dicey —dijo ella—. Voy a cantar. ¿No te dan ganas de cantar, con el fuego?

Dicey le hubiera dicho que no, pero después de que Maybeth cantara una estrofa de una canción de mamá acerca de una cereza que no tenía hueso, se puso a cantar con ella y James también. La canción hizo dormir a Maybeth.

—¿Estás cansado? —le preguntó Dicey a James.

—Sí, pero no lo bastante como para dormirme ahora mismo —dijo él.

—Pues dejemos apagar el fuego y luego nos llevamos a los pequeños al porche.

—Si tú lo dices, pero no veo el motivo —dijo James.

—Estaremos más seguros si no se nos ve.

El fuego crepitaba y chisporroteaba. La lumbre creaba un hemisferio de calor, a través del cual, Dicey trataba de ver a su hermanito dormido.

—¿James? ¿Te acuerdas de Sammy en la playa?

James sonrió.

—Sí que me acuerdo. Era muy divertido, ¿no?

Recogieron a los dos durmientes y los llevaron hasta el porche. Sammy se despertó a medias para protestar, pero se durmió de nuevo. Incluso estaba demasiado cansado como para pelearse. Pobre chaval, pensó Dicey. James se acostó con ellos, pero Dicey regresó junto al fuego para asegurarse de que estaba completamente apagado.

...Sammy en la playa, cuando sólo tenía un año y medio, y empezaba a corretear. En los días de verano, Dicey, con ocho años, era la responsable de bajarlos a todos a la playa. Sammy llevaba un bañador viejo de James encima de los pañales. Cada vez, lo primero que hacía era sacarse la ropa. Luego se daba la vuelta, para ver qué cara ponían los demás, riendo y haciendo palmas con una sonrisa de oreja a oreja. Hacía un ruidito para acompañar las palmas: «paaa». Lo había aprendido de ellos porque cuando le aplaudían sus disparates o sus progresos, gritaban «epa, epaaa» mientras batían palmas.

Dicey aún podía recordar su cuerpecito bajo y rollizo, sus piernas robustas, su cabeza rubia y redonda y su minúsculo pene bamboleándose arriba y abajo mientras corría. Le encantaba jugar con las olas: se acercaba a ellas y luego retrocedía corriendo. Por lo general, tropezaba y se caía, y la ola le mojaba al tiempo que bañaba la playa. Sacaba a flote la cara chorreante y se reía, luego alzaba el trasero, poniendo los pies debajo suyo, y de nuevo volvía a andar tambaleándose. Hacía palmas y gritaba, «paaa», y los demás se aguantaban la risa y le aplaudían.

Sammy fue un crío muy alegre. Era capaz de hacer reír incluso a mamá. Ellos le miraban cómo daba vueltas y exploraba, de la misma forma que otra gente mira la televisión. ¿Cuándo fue que Sammy cambió?

Las primeras palabras que dijo fueron «eto» (que él utilizaba para cualquier cosa) y «no» («do», gritaba, agitando los brazos y con la cara muy seria). Vaciaba los armarios y los cajones, se desacía la cama, les quitaba las hojas de los deberes y echaba a correr riéndose. Era travieso pero no era mezquino, ni egoísta. Y ya era testarudo incluso de bebé. Dicey había visto cómo aprendía a dar vueltas en círculo, practicando pacientemente, tropezando con sus propios pies, desplomándose como un saco y sentándose sorprendido. Tardó días en conseguirlo, pero lo aprendió.

Ahora seguía siendo igual de terco. Seguía haciendo las cosas a su manera, como antes... pero, ¿qué había pasado con su carácter tan alegre? ¿Tanto puede cambiar alguien? Debía haber sido un cambio gradual, o se habrían dado cuenta. Dicey intentó acordarse de la última vez que oyó reír a Sammy. Fue una vez que éste se burlaba de Maybeth porque una ola se le llevó una muñeca que había encontrado entre las hierbas de la playa. Pero Dicey también recordaba los ojos alborozados de Sammy y su boca, con sólo diez dientes, abierta de par en par por el ataque de risa que se adueñaba de todo su cuerpo y le hacía tropezar y caer riendo.

El fuego estaba apagado. Dicey lo pisoteó para asegurarse, y se retiró al porche.

Capítulo 3

Dicey despertó de un sueño en el que salía una casa grande y blanca frente al océano. La casa de tía Cilla.

El sol empezaba a salir por encima de los árboles de detrás del arroyo, tiñéndolo todo de rosa pálido. James estaba repantigado boca arriba. Sammy estaba hecho un ovillo y Maybeth tenía echado un brazo por encima de él. Dicey salió del porche de puntillas y bajó hacia el arroyo para lavarse tranquilamente.

Maybeth y James se despertaron en el acto cuando les llamó por sus nombres.

–O sea que sigue siendo cierto –dijo James.

Sammy protestó y se dio media vuelta, tapándose la cabeza con los brazos.

–Es hora de levantarse, Sammy –le dijo Dicey.

–Mmno... –contestó, sin abrir los ojos.

–Ahora, bajad todos a lavaros. Voy a repasar el mapa. Desayunaremos cuando estéis listos.

Dicey intentó mirarse el mapa de forma realista. Se fijó en las líneas que eran carreteras, en las zonas verdes que eran parques y en la azul claro del estrecho, tan distinto éste del océano tumultuoso y gris donde ella se había criado.

Comieron medio plátano cada uno y se acabaron la leche. Más tarde, preparados ya para ponerse en camino, pero resistiéndose a abandonar su refugio, se sentaron en fila en el porche.

–Hay un parque a unos dos o tres días de camino. Nos quedaremos allí un par de noches –propuso Dicey. Les mostró donde estaba, indicado en el mapa con una tienda, el Parque Nacional de Rockland. Eso significaba que había camping.

–Habrá una playa. Nos quedan tres dólares con ochenta centavos. Tendremos que pensar alguna forma de conseguir dinero.

–Quizá podamos encontrar en el suelo –sugirió James–. Si miramos.

–De todas maneras, ya tenemos cena para hoy.

James examinó el mapa.

–¿Dónde estábamos ayer? –preguntó, y Dicey se lo mostró–. ¿Sólo estabamos aquí? Nunca llegaremos a Bridgeport.

–Sí. Llegaremos. Sólo se trata de seguir avanzando, eso es todo.

–¿Por qué? –preguntó James.

–Porque allí es donde está tía Cilla –dijo Dicey–. Y mamá puede que también.

–¿Y si no está allí? –preguntó James.

–Estará –dijo Sammy–. No digas eso. Ella sabe que vamos hacia allí.

–¡Qué listo eres! –le dijo James.

Sammy embistió a James. Se abalanzó con su pequeño cuerpo encima de su hermano, dándole patadas con los pies con tanta rapidez como le aporreaba con las manos. Dicey lo apartó de un tirón.

–Basta ya, Sammy. ¿Me oyes? Vuélvelo a hacer y te aseguro que te doy una zurra.

Sammy se levantó, malhumorado y silencioso.

Maybeth lo había observado.

–Mamá dijo que hagamos lo que nos diga Dicey –le recordó a Sammy.

–De cualquier modo, ya es hora de que nos vayamos –dijo Dicey. Tomó a Sammy de la mano y tiró de él sin demasiadas contemplaciones. En la otra mano llevaba la bolsa con la ropa y la comida.

Era otro día caluroso. El pavimento blanquecino de la ruta 1 resplandecía trémulo por el calor y los humos de gasolina y aceite. A Dicey el ruido del tráfico le machacaba los oídos. Abajo, los pies avanzaban paso tras paso, despacio pero constantes. Arriba, igual de reiterativa, igual de implacable, su mente daba vueltas a los mismos problemas: dinero, comida, distancia, dónde dormir y mamá; paso tras paso.

Avanzaron, descansaron, avanzaron, almorzaron agua y una caja de donuts secos, caminaron, descansaron y, de nuevo al final de la etapa, Dicey se cargó Sammy a la espalda.

Al finalizar el segundo día, estaban más cansados de lo que lo estuvieron el primero. No habían hablado mucho en todo el día. De nuevo, Dicey les hizo desviar de la ruta 1 en dirección al mar para encontrar un sitio donde dormir. Esta noche se refugiaron en un pinar a pocos metros de la carretera y dentro del campo de visión de una gran casa de ladrillo. No se podían arriesgar a hacer fuego, así que se comieron las salchichas crudas.

La nota esperanzadora del día ocurrió por la tarde, cuando Sammy descubrió una moneda de diez centavos en la acera de al lado del supermercado, en el que Dicey compró los donuts. Sumado a los dos centavos que Maybeth y James habían recogido antes, Dicey calculó que sólo había gastado veintiún centavos en comida. Eso la dejaba con tres dólares y cincuenta y cinco centavos. Suficiente aún.

A la mañana del tercer día, el cielo estaba encapotado. James despertó con su observación habitual: «Sigue siendo cierto». Era el único que tenía energía para hablar. Los demás estaban demasiado hambrientos y sedientos. Se juntaron deprisa para regresar a la ruta 1.

Un desayuno a base de leche y plátanos (cincuenta centavos) les dio energías. Cuanto más se aproximaban a New London y al activo río Thames, más restaurantes, bares, cadenas de comida rápida y tiendas había. Sammy encontró una moneda de veinticinco centavos al lado de la carretera.

–Estoy harto de donuts –dijo Sammy, cuando se acercaban a un supermercado.

–¿Pues qué es lo que quieres? –contestó Dicey–. Los donuts son baratos, por eso los compro.

–Quiero una hamburguesa con patatas fritas. Quiero una coca-cola.

–No puede ser –le dijo Dicey–. ¿Qué os parecen los bocadillos de manteca de cacahuete? Podemos untar el pan con el dedo. Y si consigo una barra entera de pan, podemos cenar lo mismo. Sería una buena idea.

Los más pequeños aprobaron la propuesta sin estusiasmo. Encontró una barra de pan en oferta por quince centavos y un tarro de manteca de cacahuete por setenta y un centavos. Hacía un total de ochenta y seis centavos para la comida y la cena. Eso les dejaba con dos dólares y cuarenta y ocho centavos. ¿Suficiente aún?

Dicey no se dijo a sí misma, *para qué era suficiente*. No podía saberlo. Ni tampoco podía decir qué cantidad de dinero les bastaría.

Antes de ir a la caja, Dicey pasó por el mostrador de la carne. Las hamburguesas eran caras. Por otra parte, el pollo no era demasiado caro, comprado a peso. ¿Pero podrían prepararlo? Dudó ante un paquete de aletas de pollo que, a cincuenta y ocho centavos el kilo, podía serle de interés. Luego se paseó por delante del mostrador de las frutas y verduras y encontró patatas. Las patatas eran baratas y además, de una patata, se puede comer todo. Eso, si podían hacer un fuego.

Esa noche durmieron dentro de una casa a medio edificar en una urbanización. Dicey vio la casa, pero no les dejó entrar hasta que oscureciera. Hasta entonces, estuvieron paseando por el laberinto de caminos de la urbanización, mirando como jugaban los niños al atardecer. Al fin oscureció y Dicey les dejó regresar a la casa en construcción. Estaban colocadas sólo las vigas sobre las paredes, pero el suelo estaba por hacer. Se instalaron sobre un panel de contrachapado. Dicey sacó de la bolsa la ropa de repuesto para que Sammy y Maybeth la utilizaran como cojín. Dicey se tumbó boca arriba y miró el cielo a través del armazón del techo. La nubes bajas, que reflejaban la luz del alumbrado, se le fueron haciendo suavemente borrosas al adormecerse.

El temor a que los pillaran despertó a Dicey antes del amanecer. Sabía que en las obras se empieza a trabajar a primera hora del día. Una cosa era que alguien les viera acampando en el bosque; podían ser niños que pasaban la noche fuera con permiso de sus padres. Pero cuatro niños durmiendo en una casa en construcción... eso sería asunto de policía.

Despertó a los demás al despuntar el día.

–Sigue siendo cierto –dijo James, pero parecía no esperar respuesta.

Tras desayunar escasamente con leche, se pusieron en camino y pronto estuvieron cruzando el río Thames por un puente curvado como el arco iris, lo bastante alto como para permitir a los enormes buques de carga pasar por debajo. El río, visto desde lo alto del puente, parecía azul y muy limpio. Sabían que no, porque lo habían visto de cerca. Pero mirarlo refrescaba a Dicey. Le recordó el mar y le recordó que se dirigían hacia él.

A Sammy, que estaba raro desde que se levantó, tenían que alejarle a rastras de la barandilla del puente. A cada pocos pasos, tenían que regañarle para que no se rezagara. Él no contestaba nunca, sólo mantenía la mirada clavada en el suelo y los músculos de la mandíbula tensos. Dicey hizo rechinar los dientes y dio una patada al suelo con rabia, sin dejar de andar.

Caminaban, paso tras paso, por duras aceras de hormigón que les dejaban los pies doloridos. Se paraban en los semáforos y se ponían en marcha de nuevo. Las bocinas resonaban. Los motores rugían.

Almorzaron sentados en un banco de una parada de autobús de la ruta 1. Se acabaron el pan y la manteca de cacahuete. Apuraron el tarro con los dedos y se los lamieron. En realidad no era suficiente almuerzo, ninguno de ellos se quedó satisfecho, pero Dicey les hizo seguir adelante para salir de la ciudad.

Donde la carretera de la playa, más estrecha y tranquila, se bifurcaba de la ruta 1, Dicey les dijo que siguieran por el desvío. Inmediatamente, aunque el cielo estuviera encapotado y bochornoso, aunque James se quejara y Maybeth estuviera a punto de llorar, aunque Sammy se rezagara y ella tuviera la voz ronca de tanto regañarle, Dicey se sintió mejor. Se dirigían al mar.

En un pequeño supermercado, compraron un kilo de aletas de pollo y cuatro patatas. En vez de ponerse en marcha directamente, Dicey sacó el mapa y les mostró dónde estaban a los pequeños.

–Estará menos poblado –señaló ella–. Podremos hacer un fuego y...

Empezaron a llover unas gotas gordas que repiqueteaban en el suelo.

A Dicey se le encogió el corazón. No se puede hacer un fuego bajo la lluvia. Confió en que quizá pararía de llover, pero no creyó que así fuera. Nunca había comido patatas crudas. No se podía imaginar comiendo pollo crudo. No sabía qué hacer.

Así que les instó a levantarse y continuar.

—Está lloviendo —dijo Sammy.

—Ya lo sé —dijo Dicey.

—Es como tomar un baño —dijo James—. Nos dejará limpios.

—Hace frío —dijo Sammy.

—No tanto —le respondió Dicey.

—Yo no voy a ningún sitio —dijo Sammy—. Y vosotros ya no me podéis obligar. No podéis.

La paciencia de Dicey llegó a su límite.

—No, no puedo —le dijo con resentimiento—. Y quizá, tampoco quiera. Has sido un pesado durante todo el día. Y te diré que, aunque no creas que vaya a dejarte abandonado, lo haré. Será un gusto dejarte atrás.

—Lo sé —dijo Sammy en voz baja—. Ya os podéis ir. Marchaos, porque nadie se preocupa por mi excepto mamá, y mamá me vendrá a buscar a mí, pero a vosotros no os encontrará. Así que marchaos.

—De acuerdo. Eso haremos. Vosotros dos, daos prisa —dijo Dicey lenvantándose y alejándose a grandes zancadas. James la siguió indeciso. Maybeth esperó.

—Nos ha estado haciendo retrasar durante todo el día —gritó Dicey de lejos—. Y ahora lo está haciendo otra vez. No es justo que se quede con nosotros.

Vio cómo Sammy se agachaba y recogía algo. Vio cómo Maybeth fue hasta Sammy y le tendía la mano. Sammy puso la mano entre las de ella y la siguió penosamente.

Dicey iba en cabeza, a través de una lluvia que se iba convirtiendo en bruma. Estaba gris y cada vez hacía más frío. Llevaba una bolsa en cada mano y luego, cuando el papel marrón empezó a empaparse, se las puso bajo los brazos. Esa tarde, no les permitió descanso alguno, y no hicieron más que seguir avanzando.

Llegaron a las marismas, llenas de hierbas altas y de juncos, misteriosas en aquella tarde gris. Pasaron por delante de casas enormes con extensos céspedes. Entonces, a la derecha, Dicey vio agua, una gran charca interior. Sin embargo, no se podía dormir cerca de ella; estaba rodeada de las afiladas hierbas de marisma que sólo crecen en suelos fangosos. No obstante, en el otro lado una señal apuntaba hacia un camino de tierra que se metía en un pinar poco denso. En la señal ponía: PLAYA PÚBLICA.

Dicey se volvió y esperó que los otros la alcanzaran. La lluvia les había emplastado el cabello sobre la frente. Gotas de humedad colgaban de sus pestañas y sus rostros brillaban con el agua.

–Iremos por aquí –dijo ella.

–¿Está lejos? –preguntó James.

–No lo sé –contestó Dicey–. Pero seguro que estará desierto, ¿no?

Las copas de los pinos no eran lo bastante tupidas como para interceptar la lluvia, y la alfombra de pinocha que cubría el suelo se notaba mojada bajo los pies. Sus pies hacían chapoteo dentro de las playeras.

La playa del final del camino estaba protegida por dunas bajas y onduladas que se iban allanando hasta formar una franja estrecha de arena antes de dar paso al agua plácida y gris. Los cuatro niños se quedaron de pie en lo alto de las dunas mirando hacia la arena desierta. Había edificados tres chamizos de picnic para disfrute de la gente de Noak, tres estructuras abiertas por los lados, con techos de bardas, mesas y una chimenea de piedra para cocinar en cada chamizo.

–Aquí estaremos bien –dijo Dicey suavemente.

–Mira –dijo Sammy, acercándose a ella–. Mira todo lo que he encontrado. Alguien debía tener un agujero en el bolsillo.

Extendió su mano, pequeña y cuadrada, para enseñar a Dicey un montón de monedas de uno y cinco centavos.

–Muy bien, Sammy –dijo ella. Su alivio al encontrar un refugio y una forma de hacer fuego, le había lavado toda la cólera del día. Le sonrió–. Y mirad lo que tengo para vosotros.

Fue estirando algo, poco a poco, hasta el borde de la bolsa pequeña. La bolsa se rompió, pero ella logró pillarla por debajo.

—¡Pollo! ¡Y patatas!

Bajaron corriendo juntos hasta el chamizo más cercano, a través de la apacible lluvia. A mitad de la pendiente, Sammy tropezó y bajó rodando el resto del trayecto sin intentar pararse. Cuando fue a reunirse con los demás bajo el techo del chamizo de picnic, era toda una visión. A Dicey se le soltaba la risa. Se rió, incapaz de resistir más. Al estar mojado, Sammy tenía el pelo, la cara y la ropa cubiertos de arena. Parecía una croqueta.

Al principio, pensó que Sammy se iba a poner furioso. Aun así, no podía parar de reír; y James y Maybeth se pusieron a reír con ella. Pero en lugar de eso, Sammy sonrió, levantó los brazos y se puso a hacer el payaso, uniéndose a las risas de los demás. En este preciso momento volvía a ser el chiquillo que Dicey recordaba, al que le encantaba la lucha libre y las cosquillas, y nunca tenía bastante, el que bromeaba con todo y por nada.

Los más pequeños recorrieron la playa buscando trozos de madera. Dicey regresó al bosque para conseguir pinocha y ramas secas de pino, de combustión rápida.

Cuando el fuego empezó a hacer brasas, Dicey esparció las patatas sobre la parrilla. Luego, todos bajaron de nuevo a la playa a por más leña. Regresaron con los brazos cargados. Dicey dio la vuelta a las patatas, lavadas con agua de lluvia, y luego dispuso las aletas de pollo al borde del fuego para que no se chamuscaran. La lluvia caía suavemente sobre la playa y el mar. El fuego chisporroteaba al gotearle la grasa del pollo encima. El olor a pollo a la brasa se elevó tenuemente en el aire. Los cuatro niños se quedaron mirándolo junto a la losa de la chimenea. Se les fue secando la piel, luego el pelo y finalmente la ropa.

Intentaron acercar una de las mesas al fuego, pero estaba atornillada al suelo de cemento, igual que los bancos, así que comieron lejos del calor del fuego, en el aire frío. La comida estaba lo bastante caliente como para caldearles por dentro.

Comían sin hablar, primero con voracidad, luego saboreando cada bocado, royendo los huesos pequeños y acabándose todos los pedacitos de patata. Había pollo más que suficiente. Todos se atiborraron, incluso James, antes de que la comida se terminara.

–Ojalá tuviéramos mantequilla –dijo Sammy.

–O sal –añadió Dicey.

–Yo quisiera salsa para barbacoa –dijo James–, algunas mazorcas de maíz y de postre algo de sandía o un helado, un helado de chocolate. Ojalá tuviéramos.

–Ojalá tuviéramos a mamá –dijo Maybeth.

El silencio se volvió a adueñar de ellos.

Dicey se levantó y puso dos trozos gordos de leña en el fuego. Se sentó enfrente. James recogió los huesos, los echó al cubo de basura y vino a sentarse junto a ella. Sammy y Maybeth le siguieron. El fuego ardía febril sobre sus rostros. Dicey desplegó el mapa, ya que la luz del inicio del atardecer aún era suficiente.

–Mañana iremos hasta aquí –decidió rápidamente, señalando con el dedo un cuadrado verde calificado como «Parque Nacional»–. Es el parque del que os hablé. Descansaremos allí todo un día. ¿A vosotros, qué os parece? Ahora llevamos cuatro días caminando.

–Me parece magnífico –dijo James. Con el dedo resiguió las marcas rojas de la autopista hasta Bridgeport–. Está lejos. ¿Qué es todo eso amarillo de por allí?

–Áreas densamente pobladas –dijo Dicey.

–¿Como ayer?

–Ajá.

–¿Dónde dormiremos?

–¿Cómo puedo saberlo, James? No tenemos que preocuparnos por eso hasta que lleguemos allí.

Dicey se puso la mano en el bolsillo y sacó el dinero. Le pidió a Sammy que le diera las monedas que le había enseñado antes. Él no quería pero ella insistió, y él se batió en retirada silencioso y enfurruñado. Ahora les quedaba un dólar con cincuenta y seis centavos. Suficiente aún.

Dicey dobló el mapa y lo puso encima de una mesa. Descendió hasta la orilla del mar y regresó con una piedra grande, en la que puso a secar su camisa y que luego colocaría sobre el mapa. Por encima del agua, el aire se volvía púrpura con el crepúsculo. Se reunió con los demás delante del fuego, sentándose entre Maybeth y

Sammy. Maybeth se puso más cerca de ella y empezó a tatarear la canción de la vieja dama.

—Sé de una vieja dama que se tragó una mosca —cantó Dicey.

—No sé por qué se tragó una mosca —le respondió James.

Dicey se inclinó sobre Sammy y le señaló con el dedo. Y él cantó gritando y con la mirada chispeante:

—Quizá se murió.

Cantaron la canción de cabo a rabo hasta que Dicey pronunció el último verso. Esperó el tiempo justo, antes de decir con voz solemne:

—Claro que se murió.

La alegría se apoderó de ellos. Sus barrigas llenas, el fuego cálido y crepitante, la lluvia rebotando en el techo y cayendo suavemente sobre la arena hacía que se sintieran juntos, y les mantenía unidos.

—A veces —comentó Dicey— siento como si nosotros pudiéramos hacer casi todo lo que nos propongamos. Porque somos los Tillerman.

—Yo también —dijo Sammy.

—Sí, tú también lo eres —le respondió Dicey.

James habló pausadamente:

—¿Dicey? ¿Sabes dónde está mamá? ¿Seguro?

—No.

—¿Por qué se fue?

Maybeth respondió al no hacerlo Dicey.

—Mamá se debió de perder. Eso creo.

—¿Cómo se pudo perder? —preguntó Sammy—. Ella sabía dónde estábamos.

—No es que no nos encontrara a nosotros —dijo Maybeth.

—Pues ¿a quién no encontraba? —preguntó Sammy.

—No es que buscara a nadie —dijo Maybeth—. Sólo se perdió, nada más. Pero tenemos a Dicey para que cuide de nosotros.

—Dicey no es nuestra mamá —dijo Sammy.

—No lo es, por suerte nuestra —observó James.

Sammy se volvió hacia él.

—No está bien que digas eso.

—Pero es cierto —insistió James—. Dicey nunca se marcharía y nos dejaría. No lo harías, ¿verdad, Dicey?

–No –dijo Dicey.

–¿Ves? –le preguntó James a Sammy.

–Mamá me quiere –dijo Sammy.

–¿Sabéis qué? –preguntó James–. Somos de ese tipo de gente que un buen día se marcha. Primero nuestro padre y ahora mamá. No lo había pensado nunca. ¿Tú qué crees, Dicey? ¿Hay algo que nos funciona mal?

–No lo sé ni me importa.

–No, pero piénsalo. Allí en nuestra casa, siempre estábamos solos; nadie venía a vernos. Y mamá hablaba diferente de la demás gente, como más lento. No recuerdo a nadie más como nosotros en Provincetown. ¿Te contó mamá alguna vez cosas de nuestro padre? ¿Te dijo adónde se fue?

–No –dijo Dicey.

–¿Le recuerdas? –insistió James.

–Un poco.

–Cuéntanos –pidió Maybeth.

Dicey agrupó sus escasos recuerdos, cual canicas esparcidas.

–Era alto y moreno de pelo, con los ojos color avellana como los de mamá. Todos nosotros tenemos los ojos como los de ellos. James me recuerda a él, y supongo que yo también. Los pequeños os parecéis más a mamá. Tenía una cabeza muy delgada, como James y yo. Su risa era amplia y ruidosa. Él construyo nuestras camas.

–Lo sé –dijo James.

–Me acuerdo de cuando me alzaba y me sentaba sobre sus hombros. Me llamaba «su singular pequeña». No sé por qué. –Seguía estando viva en su memoria la masculina voz de él canturreando «la singular pequeña, única, única en el mundo, única, única». Dicey prosiguió–: También podía levantar a mamá, cuando estaba exaltado y la balanceaba colgada de sus brazos y la hacía girar en círculo. A veces cantaban, precisamente cuando estaban los dos solos en casa. Pero la mayor parte del tiempo había amigos que venían a verle, y mamá nos llevaba a la playa... a mí, a James y a Maybeth. Una vez, él le compró un suéter rojo intenso y vi como ella le besaba.

Dicey se quedó mirando fijamente el fuego mientras intentaba reconstruir sus escasos y vagos recuerdos.

–Sabía de coches. Durante el verano, trabajaba como barman. A veces se peleaban. Peleaban en serio.

–¿Por eso nos dejó? –preguntó James–. No le echo la culpa de que pasara, porque a veces mamá era... ya lo sabéis.

–A veces, ¿qué?

–A veces era tan impulsiva y tan lunática que podía volverte loco.

–No creo que fuera por eso. No sé por qué se fue él. Me acuerdo que cuando lo hizo, mamá trataba de explicarle algo y lloraba.

Pero también se acordaba de más cosas. Recordaba que mamá estaba embarazada de Sammy y eso ponía furioso a su padre. Luego, algún día, después de que el padre se hubiera ido, pero antes de que Sammy naciera, dos policías entraron en casa y no se sentaron pero le hacían preguntas a mamá y mamá sólo decía «no lo sé, no lo sabía», una y otra vez, cuando le preguntaban. Uno de ellos se arrodilló para preguntar algo a Dicey, pero Dicey no quería hablarle, sólo miraba a mamá y le agarraba la mano con fuerza. Así que, su padre probablemente habría quebrantado la ley, razonó Dicey ahora, ya más mayor. ¿Qué ley? ¿Cómo podía ella saberlo? Y, por eso, luego él huyó.

–Nunca he tenido un padre –declaró Sammy.

–Tú también tienes –le respondió James–. Todo el mundo tiene un padre y una madre.

–Yo no –dijo Sammy–. Jamás querré tener uno.

–Bueno, no puedes evitarlo –contestó James.

–Todos nosotros tenemos el mismo padre –dijo Maybeth.

–Y ni siquiera sé su nombre –dijo James–. Dicey, ¿te acuerdas de cómo se llamaba?

–No.

–Pero no era Tillerman –dijo James–. Este es el apellido de mamá, no el suyo. ¿Sabes lo que significa eso, eh?

–¿Qué?

–Que somos bastardos.

–¡Yo no lo soy! –gritó Sammy, poniéndose en pie de un salto–. Si dices eso, me pelearé contigo. Y te haré sangrar la nariz.

–¿No te acuerdas? –preguntó Dicey a James, mientras éste mantenía Sammy a distancia.

–¿Acordarme de qué?

–De cuando Maybeth era pequeña, todavía bebé. En nuestra casa hubo una gran fiesta. Mamá llevaba su vestido amarillo de volantes, y flores en el pelo. Se casaron justo enfrente. Había un hombre con un traje azul, y ellos estaban juntos de pie frente a él y dijeron las palabras. ¿No te acuerdas?

James se esforzó en encontrar el recuerdo en su memoria.

–No, no me acuerdo.

Cómo podría acordarse, pensó Dicey, si se lo estaba inventando.

–Alguien tenía una guitarra y mamá bailaba contigo. Todos miraban y aplaudían.

–Quizá –dijo James, mientras fruncía las cejas al forzar la memoria–. ¿Pero por qué todavía *llevamos* el apellido de mamá y no el suyo?

–Porque es el mejor apellido –dijo Dicey–. Es un apellido bueno y convincente. Lo dijo mamá.

–¿Es verdad? –preguntó Sammy, y Dicey asintió–. ¿Y podremos dejar el fuego encendido toda la noche?

–Claro. Aquí no hay peligro.

Sammy se tumbó y puso la cabeza sobre los brazos.

–Me voy a dormir ahora mismo –anunció.

Pronto Maybeth también se durmió, con la cabeza en el regazo de Dicey.

James salió de su ensimismamiento.

–No sabía que se habían casado –dijo.

–Nunca lo preguntaste.

–No lo diré más delante de Sammy, pero no le culpo de que se fuera. Ahora ya no me preocupará tanto.

–¿Qué importa?

–A ti no te importa. Tú siempre supiste pelearte. Te has peleado con cualquiera que se haya metido contigo... igual que Sammy. Pero yo no sé pelear. Y los chavales... contaban cosas de mamá, cosas feas, de que no estaba casada.

–Nadie me dijo nunca nada.

–No se atreverían.

Eso era cierto, y la idea enorgulleció a Dicey.

–¿Le decían cosas a Sammy? –preguntó ella.

–Ajá. Sobre todo de Maybeth. Creo que Sammy en realidad se enteró en la escuela.

Esa noche, Dicey se quedó dormida delante del fuego, pensando en Sammy y cuánto debía odiar ir al colegio todas las mañanas y luego volver a casa, y si mamá estaba en casa hablaría con él... pero cada vez menos como una madre, y si no estaba allí se asombraba. Eso puede hacer cambiar a una persona.

Capítulo 4

Durante la noche dejó de llover. Se despertaron cuando el sol ya estaba alto y sobre el mar flotaban los últimos rastros de bruma. Estaban sedientos.

–Sigue siendo cierto –dijo James.

Uno tras otro, los pequeños primero, fueron hacia detrás de las dunas a hacer sus necesidades. Mientras esperaba su turno, Dicey se quedó contemplando el mar. Parecía extenderse indefinidamente, con sus pequeñas olas azules y superficiales. Las olas de aquí, al romper en la orilla, no atronaban constantemente como lo hacían en Provincetown. Aquí, las olas murmuraban y gorgoteaban, como niños alborozados. Una ligera brisa llegaba del mar, con olor a sal y a marisma.

Se pusieron en camino ansiosos por encontrar algo para beber e ilusionados al saber que sólo tendrían que andar unos pocos kilómetros hasta el parque. Después de la cena de la noche anterior podían esperarse para comer.

Iban andando los cuatro de frente por la poco frecuentada carretera.

–¿Cómo se llama ese parque? –preguntó James.

–Rockland –dijo Dicey.

–¿Por qué? –preguntó James–. ¿Qué creéis? ¿Le pusieron el nombre de un tal Rockland? ¿O es que es un sitio rocoso?

–¿Cómo puedo saberlo? –dijo Dicey.

–La mayoría de sitios, que yo sepa, han sido aplanados por el agua –continuó James. Dicey dejó de escuchar.

En una gasolinera, bebieron agua de una manguera. El dependiente, atareado y poco curioso, apenas se fijó en ellos, pero cuando se fueron, Dicey volvió la cabeza para echar un vistazo.

–No nos está mirando –le dijo Maybeth a Dicey.

–No quiero que nadie sepa quiénes somos, ni que estamos solos.

–No estamos solos –respondió Maybeth.

–Sin adultos, quiere decir –dijo James.

–Pero nos ha dejado beber agua. No parece que haya reparado demasiado en nosotros.

–No puedes saberlo –dijo Dicey–. No puedes saber en quién puedes confiar.

–Sí puedo –dijo Maybeth. Pero no lo dijo para disputar, lo dijo tal cual, como quien dice su nombre.

Dicey le sonrió y le agarró de la mano.

–Pues yo no puedo –le dijo ella.

La carretera serpenteaba entre las esporádicas casas. Estaba bordeada por un pequeño muro de piedra. Subía, bajaba y rodeaba las colinas. Los árboles, llenos de hojas, tenían aquel color verde brillante de principios de verano. Vieron pocos coches y ninguna tienda. El sol les calentaba, y las sombras de los árboles les refrescaban. Las casas ante las que pasaron tenían céspedes verdes y suaves y largas avenidas de piedra clara. Justo antes de que la carretera se metiera en el parque, había un pequeño bazar, con el cristal del escaparate atestado de anuncios de circos, de rebajas y de horarios de misas. Dicey entró sola.

Dentro había un hombre joven de pelo rojo que le crecía tupido y fuerte por toda la cabeza. Tenía pecas y llevaba una bata encima de la camisa a cuadros. Dicey deambuló frente al mostrador de víveres frescos. Él vino a atenderla.

Ella eligió cuatro patatas y una bolsa de manzanas. Lo dejó en el mostrador de la caja registradora. Luego fue a por dos litros de leche. Se dirigió hacia los estantes de ferretería y miró los cuchillos, las cazuelas, las cañas de pescar y las redes.

–¿Puedo servirte en algo? –le preguntó el joven.
–¿Qué valen los anzuelos? –le preguntó Dicey.
–¿Vas a pescar?
Dicey asintió.
–Por aquí no se pilla gran cosa. Es mejor recoger almejas. ¿Has buscado almejas alguna vez?
Dicey negó con la cabeza.
–Toma uno de esos –dijo, bajando un rastrillo de mango largo con ganchos–, y arrástralo por los bancos de arena en busca de almejas. Las almejas viven enterradas ahí, justo debajo de la arena. Podrás ver los agujeros que hacen para respirar. O puedes escarbar y desenterrarlas con los dedos. El rastrillo es más eficaz.
–¿Pero qué valen los anzuelos?
–Diez centavos cada uno.
–Deme uno, por favor. ¿Tiene hilo de pescar?
Le ofreció un carrete por un dolar y medio. Dicey meneó negativamente la cabeza. Tendrían que deshilachar alguna prenda de ropa o algo así.
–De todas formas, ¿qué haces? –le preguntó mientras registraba sus compras en la caja.
–Vamos al parque, mis hermanos, mi hermana y yo. Nos prepararemos la comida fuera. Y pescaremos. Y quizá busquemos almejas.
–¿Estáis con la familia?
–No. Vamos solos.
Él la miró.
–¡Qué divertido! Mira –dijo, y desenrrolló del carrete un trozo largo de hilo de pescar, lo cortó y lo devanó con tres dedos hasta hacer un ovillo prieto–, si queréis intentar pescar, necesitaréis esto. ¿Tenéis un mapa del parque?
–¿Hay? Precisamente encontramos el parque en un mapa del estado y decidimos venir para ver cómo era.
Él alargo la mano bajo el mostrador y sacó un pequeño mapa plegable y marrón.
–Estaréis casi solos. En esta época del año, la gente únicamente viene los fines de semana. Tened cuidado –dijo, haciendo tintinear el dinero de ella en la mano.

–Lo tendremos. Muchísimas gracias.

–Si te ha gustado el servicio, vuelve otra vez.

Él sonrió. Dicey levantó la bolsa y salió aprisa. Les quedaban veintiséis centavos. No bastaban para nada.

Justo a la entrada del parque, la carretera pasaba a ser de tierra. El bosque, de pinos y árboles caducos, crecía a ambos lados sin estar separado por las cercas de piedra que los niños se esperaban encontrar. Bajaron un rato por el camino de entrada, y luego Dicey los condujo hacia el interior del bosque, fuera de la vista del camino. Se sentaron y ella les dio una manzana a cada uno para que se la comieran mientras estudiaba el mapa del parque.

El Parque Nacional de Rockland tenía en general la misma forma que el estado de Connecticut, sólo que en miniatura. Los dos lados largos del rectángulo tenían poco más de cinco kilómetros. Los cortos medían dos kilómetros y medio. Por el este terminaba a lo largo del estrecho, en una línea ondulada. Una amplia ensenada formaba lo que el mapa llamaba PLAYA LARGA. Más al norte había una pequeña cala, llamada simplemente PLAYA. El resto de la orilla parecía estar ocupada por promontorios y rocas. La montaña empezaba en la esquina suroeste del parque y descendía hasta el mar, con el que tropezaba abruptamente a lo largo de casi media costa. En la zona sudeste había marismas, indicadas en el mapa como RESERVA DE AVES.

–Tiene doce kilómetros cuadrados y medio –dijo James–. ¿Puedo comer otra manzana? ¿Esa es toda la comida que tenemos?

–Pensé que podríamos pescar –dijo Dicey.

Regresaron al camino. Éste atravesaba el parque y, hacia la mitad, se bifurcaba en dos senderos hasta las playas. Hacia la izquierda, el mapa indicaba áreas de picnic y de recreo, al final del bosque. Al otro lado, por el sendero de la derecha, se llegaba a un pequeño terreno de acampada situado en la montaña. Había una zona de acampada mayor, con seis campings, en el camino que torcía a la izquierda en la bifurcación. Esta zona de acampañada estaba situada en los promontorios que dominaban el mar, cerca de la playa pequeña. En el área de picnic indicaba «Servicios».

¿Qué crees que significa? –preguntó Dicey, señalando con el dedo.

–Supongo que lavabos –contestó James–. ¿Crees que también habrá duchas?

Dicey esperaba que hubiese un pabellón para cocinar o algo por el estilo, con cazuelas y una cocina. Un sitio donde hacer una sopa. James no creía que así fuera.

–Vale. Propongo que bajemos y dejemos nuestras cosas ahí –anunció Dicey, señalando la zona grande de acampada. Era el sitio más cercano al agua. Eso les haría sentir más como en su propia casa–. Luego, será mejor que nos acerquemos hasta la playa a ver si podemos encontrar almejas. Cuando hayamos solucionado el problema de la comida de hoy, podremos descansar.

Una vez más se pusieron en camino, andando los cuatro de frente. Quizá fuera el profundo silencio a su alrededor, quizá la brisa salada del mar, quizá la sensación de soledad y el bosque; por el motivo que fuera, este paseo fue un placer. A Dicey las piernas se le movían solas. Empezó a cantar la canción de la Bella Peggy y los otros se le unieron. Cantaban bajito, sin embargo, para que su música contribuyera a la tranquilidad, en vez de destruirla.

Dejaron el área de recreo a su izquierda. Había pistas de tenis, aparcamientos y un sector para niños, con columpios, tobogán, arena y balancines de tabla.

Prosiguieron hasta la zona de acampada, donde había chimeneas, grifos con agua y espacios de tierra aplanada, para colocar una tienda o un coche. Dejaron las dos bolsas y miraron a su alrededor. Era un lugar elevado, con árboles enormes. Enormes rocas grises emergían de la tierra a intervalos irregulares, y algunas de ellas eran tan grandes que se podía escalar hasta la cima y luego sentarse a mirar abajo. Hacia el este salía un sendero casi imperceptible. Uno tras otro, se metieron por él. Pronto estuvieron en lo alto de un peñasco escarpado, mirando abajo hacia el agua poco profunda. El sendero seguía unos metros más por el borde del peñasco y luego descendía hasta la pequeña playa. Los niños bajaron corriendo el último tramo, dando traspiés, retozando y saltando de piedra en piedra.

La playa parecía un nido entre rocas, como si después de cientos de años de trabajo, las olas hubieran conseguido hacerse un pequeño sitio para descansar. La marea estaba alta. Dicey lo supo por la proximidad de las olas a la línea de algas incrustadas en la arena. No habría almejas para comer, las almejas se buscan en marea baja, en los bancos de arena. Así que no tendrían comida y habría que aguantarse. Podían beber algo de leche.

Ella les explicó eso y no se quejaron. Sammy se descalzó y entró en el agua, fría según él.

–No está tan fría como la nuestra, pero lo está demasiado para nadar.

Maybeth recogía conchas entre las algas de la playa. James se fue a trepar por las rocas de la orilla. Dicey se quedó mirando al mar.

Más allá del estrecho no se veía tierra, sólo agua interminable, oscura y agitada. A lo lejos, un par de velas blancas, hinchadas por el viento, pasaban casi sin rozar. El sol le tostaba la cara. Respiró profundamente.

De alguna forma, tenían que conseguir algo más de dinero. Quizá pudiera regresar a la tienda y ofrecerse a trabajar. Podía barrer y ordenar los estantes. Podía hacer recados. Pero se le tendría que ocurrir alguna mentira que contar al joven pelirrojo, y estaba harta de inventarse mentiras, harta.

James dio voces y luego regresó corriendo.

–¿Dicey? En las rocas hay mejillones –y le alargó dos moluscos negros y barbudos–. Los mejillones se pueden comer, ¿no?

–Por supuesto –dijo Dicey–. Nos los podemos comer aquí mismo.

Dicey y James arrancaban mejillones de las rocas y los lavaban en el agua, mientras Maybeth y Sammy volvían a subir a la colina en busca de leña pequeña y grande. Pronto tuvieron un gran montón de mejillones esperando al lado de un fuego crepitante. Dicey recogió gran cantidad de algas de la orilla del mar. Cuando el fuego estuvo a punto, extendió una capa de algas húmedas directamente encima de éste. El vapor que se formaba silbó al elevarse en el aire. Rápidamente, Sammy puso los mejillones sobre este lecho y Dicey los cubrió con otra capa de algas.

–Es como una tarta –dijo ella.

–O un bocadillo –dijo James.

–Parece malísimo –dijo Sammy, atizando el fuego con un palo.

–Pero estarán buenos –contestó James–. Cualquier cosa estaría buena. Es curioso, ¿sabéis? Cuando pensaba que no había nada para comer, no estaba tan hambriento. Pero ahora...

–Ahora ¡me estoy murieeeeendo de hambre! –chilló Sammy. Se puso en pie de un salto, hizo la rueda hasta la orilla del agua y aterrizó de pie con los brazos en alto–. ¡Y vamos a comer!

Almorzaron los sabrosos y carnosos mejillones. Aquella tarde, cuando la marea bajó y, en una anchura de unos cien metros, los lodosos bancos de arena aparecieron entre charcos de agua, recogieron almejas. Las cocieron al vapor como habían hecho con los mejillones. Con la cena, se bebieron parte de la leche y comieron una manzana por cabeza. Echaron arena sobre el fuego y tiraron las conchas al mar. Luego, treparon la escarpada colina para enterrar los corazones de manzana en el bosque y se fueron a dormir.

Mejor que en el camping, prefirieron dormir detrás de éste, en el bosque, ya que estaba más cerca del mar. Dicey no se podía relajar. Cuando vio que los demás estaban profundamente dormidos, se levantó sin hacer ruido y bajó de nuevo a la caleta. Estuvo un rato sentada en la arena oyendo y mirando las oscuras aguas. Paseó arriba y abajo por la orilla. Las estrellas brillaban con nitidez en lo alto. Silencio y soledad: era como si estuviera sola en el mundo.

Si hubiera estado sentada cuando se aproximaron las voces, habría podido permanecer inmóvil e intentar pasar desapercibida. Pero estaba de pie al lado del agua, y la silueta se le perfilaba claramente. Pudo oír una voz de mujer que decía:

–Aquí hay alguien.

Se acercaban dos figuras, descendiendo la colina con precaución y asidas de la mano.

–¡Eh, hola! –gritó el hombre.

Cautelosamente, Dicey le saludó con la cabeza.

–No nos tengas miedo, somos inofensivos –dijo la mujer. En realidad, solo era una muchacha. Ambos eran jóvenes, no tendrían ni veinte años.

–Yo también –respondió Dicey.

–¿Tu familia está acampada por aquí? –le preguntó el chico.
–No –dijo Dicey.
–Nosotros sí que lo estamos –dijo la chica, y levantó la mirada hacia el chico–. Ya hace dos semanas que estamos aquí, ¿no es eso? ¿Era tu fuego lo que vimos antes?
–Probablemente –dijo Dicey–. Había recogido algunas almejas.
–¿Vives cerca de aquí? –le preguntó el chico.
–Ajá –dijo Dicey. Bueno, de hecho, ahora vivían a cincuenta metros de donde ella estaba.
–Nosotros siempre venimos a esta playa –dijo la chica–. Ya es como nuestra propia playa privada. ¿No es así, Lou? Para mí lo es. Excepto los fines de semana, está siempre vacía. Tú eres la primera persona que hemos encontrado entre semana.
Dicey respondió con una especie de gruñido.
–¿Cómo te llamas, chaval? –le preguntó el chico.
–Danny.
–¿Danny qué?
–No seas curioso, Lou. Déjale tranquilo –le interrumpió la chica–. Yo soy Edie. Éste es Lou, diminutivo de Louis. Vas a asustarle –le dijo al chico.
–No, no lo haré, ¿o sí?
–No sé –dijo Dicey.
–Le he oído y me cae bien –dijo Lou. Dicey levantó la vista, alarmada. No podía verle la cara con claridad–. Te has escapado, ¿verdad? Te debía resultar todo demasiado insoportable y has cortado. ¿No es eso?
–¿Y qué? –preguntó Dicey.
–Pues que vamos en el mismo barco, con el mismo rumbo. Así que no tienes ningún motivo para preocuparte. Nosotros no nos chivaremos, ni te soltaremos el rollo de que vuelvas a casa. Con que, relájate.
Dicey sonrió.
–Vale –dijo ella.
–¿Estás solo?
–No exactamente.
–¿Esto es estar relajado? He visto gente que piensa que hará poco

menos que el primo si se relaja. Vale, no te voy a chinchar más. Disfrutemos juntos del paisaje y charlemos de cualquier cosa.

—Ahora me tengo que ir.

—Si te quedas por aquí —dijo la chica—, ya nos volveremos a ver. Me gustaría. Nos encontrarás fácilmente en el pequeño terreno de acampada. Estaremos allí, en el área de recreo o aquí.

—Vale —dijo Dicey—. Bueno... hasta la vista.

Se olvidaron de ella antes de que alcanzara la cima del peñasco. Ellos seguían donde les había dejado, mirando al mar abrazados. Regresó aprisa con su familia y se durmió fácilmente.

A la mañana siguiente, mientras comían manzanas y se iban pasando el cartón de leche, lo primero que hizo Dicey fue contarles su encuentro de la noche anterior.

—Les dije que era un chico —dijo ella—. Llamado Danny. ¿Os acordaréis? —Ellos asintieron—. ¿Maybeth, tú también?

—¿Pero, por qué? —preguntó James—. ¿Eso qué importa?

—Es más prudente ser un chico que una chica —dijo Dicey—, porque la gente, a los chicos, les deja ir solos más a menudo. De todas formas, si nos los encontramos de nuevo, no les digáis nuestro apellido. Les dije que me he fugado. Todos nosotros seremos fugitivos.

—¿Somos fugitivos? —preguntó Sammy.

—Algo así —dijo Dicey.

—Nos fugábamos con mamá —recapituló James—. Pero luego mamá huyó de nosotros. Y ahora huimos de todo el mundo. Pero nos dirigimos a casa de tía Cilla, y eso hace cambiar las cosas. Y quizá mamá esté allí. Esa es otra diferencia. No somos simples fugitivos, vamos hacia un sitio.

Dicey dio las órdenes por la mañana. James y Sammy irían a pescar mientras Maybeth y ella lavarían la ropa que habían usado. No lavarían los pantalones cortos, sólo la ropa interior, los calcetines y las camisas. Una vez, en la escuela había visto un película en la que las mujeres de pueblo lavaban la ropa y la secaban al sol.

Dicey llevó la ropa a la playa. Más tarde bajaron James y Sammy con unos gusanos que habían desenterrado. Los chicos se sentaron encima de una roca en medio del agua, mientras las chicas estaban con el agua hasta las rodillas, mojando y frotando la ropa.

Media hora después, James cruzó andando por el agua para estar al lado de Dicey.

–Aquí no hay peces –dijo él.

–El mapa decía que aquí había pesca. Eso significa que tiene que haber peces.

–Pues no pican.

–Vuelve y espera.

–¿Por qué? Sammy está allí.

–Sammy sólo tiene seis años. ¿Cómo sabes que sabrá lo que hay que hacer si consigue que piquen?

–No lo conseguirá.

–James, haz lo que te digo –le ordenó Dicey severamente. Se fue arrastrando los pies, recogiendo piedras y lanzándolas al agua, entreteniéndose al pie del peñasco, y finalmente Dicey le vio encaramarse de nuevo al lado de Sammy.

A los pocos minutos volvía a estar donde Dicey y Maybeth tendían la ropa en la arena.

–Es inútil –dijo James–. ¿Por qué la ponéis a secar aquí? Quedará llena de arena.

–Se le soltará una vez seca.

–No quiero arena en los calzoncillos –dijo James.

–Nosotras nos encargamos de hacer la colada, tú de pescar –dijo Dicey, y le hizo regresar.

Volvía a estar al lado de ella a los pocos minutos.

–Es un aburrimiento –dijo él.

–Algo tenemos que comer –refunfuñó Dicey.

–Podemos comer mejillones y almejas.

–Quiero saber si hay peces.

–Yo ya lo sé: ...no hay.

–De acuerdo –gritó exasperadamente–. No te preocupes. Pero deja de molestarme. No me importa lo que hagas, pero déjame continuar mi tarea.

James fue deambulando hasta el final de la playa y se puso a escarbar con las uñas entre las rocas. Dicey miró para asegurarse de que a Sammy no le pasaba nada. El pequeño estaba pacientemente sentado, con el hilo de pescar colgándole del dedo hasta el agua.

Cuando toda la ropa estuvo mojada y fregada, escurrida y tendida en la arena, Dicey caminó dentro del agua hasta la roca donde estaba sentado Sammy. Subió a gatas para sentarse con él.

–¡Eh, Sammy! –le dijo ella–. ¿Has pescado algo?

Sammy negó con la cabeza. Apretaba los dientes con cara tenaz. Tenía la mirada clavada en el agua.

–La marea casi ha subido del todo –observó Dicey

Sammy asintió.

–Quizá deberías dejarlo estar.

–Cállate, Dicey –cuchicheó Sammy–. A los peces no les gusta el ruido.

–Pero James dice que aquí no hay peces –susurró Dicey.

–James se equivoca. Mira. –Él tiró del hilo y le enseñó a Dicey un gusano medio comido clavado aún en el anzuelo–. Ya he perdido otros dos gusanos. Ahí abajo hay algún bicho que se los come. Lo atraparé.

Dicey le dejó allí y regresó a la playa. Empezó a encender un fuego pequeño, más para hacerle saber a Sammy que confiaba en él que porque creyera que iba a pescar algo. Luego se puso a hacer rebotar piedrecillas por la superficie del agua.

Maybeth se balanceaba, como medio bailando, por la orilla, cantando para sí misma. James escalaba entre las enormes rocas desplomadas sobre el mar. Dicey vio cómo subía hasta lo alto de una descomunal piedra redonda y se ponía de pie. Él vio cómo ella le miraba y agitó un brazo para saludarla. Luego, a continuación, empezó a caerse.

Dicey no vio caer a James, porque cuando perdió el equilibrio ella salía hacia las rocas. No sabía lo que haría cuando llegase ahí, pero quería estar lo más cerca posible por si podía hacer algo. Trepó por encima de los pequeños cantos rodados hasta el pie de la imponente mole antes de buscar a James. Él había desaparecido... excepto un pie que asomaba por encima de una roca, más allá de su cabeza.

Dicey encontró a James encajado entre las rocas. Tenía los ojos cerrados y la cara pálida.

–¿James?

No respondió.

¿Estaría muerto? No podía ser, ¿o sí? Y porqué no, considerando las demás cosas que les habían sucedido.

James pestañeó y abrió los ojos. Miró alrededor, como si no pudiera verla a ella.

–¿Dicey? ¿Qué ha pasado? –preguntó, y se incorporó.

O sea que no hay huesos rotos, pensó ella.

–Te has caído –dijo ella–. ¿Estás bien?

–¿Me caí?

–Estabas agitando el brazo y te caíste de la roca.

–¡Ay! Déjame pensar. No me... –dijo él–. Me resbaló el pie, recuerdo. No tenía que haber escalado con las playeras mojadas.

–¿Pero estás bien?

Maybeth estaba al pie de las rocas mirando hacia arriba.

–Está bien –le gritó Dicey.

Sammy seguía absorto en el agua de debajo de su roca. No había visto caer a James.

–¿Lo estás? –le preguntó Dicey a James.

–Eso creo –James movió los brazos primero y luego las piernas–. Supongo que no tengo la espalda rota –comentó.

–¿Cómo lo sabes?

–Si mueves a alguien con la espalda rota, la columna vertebral se parte y la persona muere en seguida –aseguró James–. Chico, me he asustado –Se sentó al lado de Dicey–. ¡Aaaay...! –Inclinó la cabeza y se tapó la nuca con las manos–. Estoy mareado. Debo de haberme dado en la cabeza.

Dicey ayudó a James a bajar, dejándose resbalar lentamente por encima las rocas. Se apoyó en ella al andar hacia el fuego. Ella le sentó junto a la pequeña hoguera y le examinó la parte trasera de la cabeza.

–No hay sangre, pero está hinchada –y presionó en el sitio–. Aquí.

–¡No, Dicey! –gritó James–. ¡Eso duele!

Maybeth trajo a James una camiseta empapada de agua fría. Dicey le envolvió la cabeza con ella y le dijo que se tumbara. James dijo que se sentía mejor sentado y que creía que podía tener una conmoción cerebral. Dicey le preguntó qué era, y él le contó los síntomas.

–Y yo tengo dolor de cabeza –dijo con optimismo.

–¿Fuerte?

–Bastante fuerte, pero no horrible –dijo él–. Pero si me quedo dormido antes de media hora, será mejor que llaméis a una ambulancia. Lo peligroso es entrar en coma.

Sammy se abría paso por el agua poco profunda hacia ellos con las manos detrás de la espalda.

–¡Mirad! –chilló, sosteniendo en alto tres pececitos–. Ya te lo dije. ¿Le pasa algo a James?

–No sé –contestó Dicey–. Se cayó de aquellas rocas.

Sammy no se interesó. Mientras James estaba silencioso, sentado a un lado, asaron los pescados tal como lo habían hecho con las salchichas, y se los comieron pellizcando la carne caliente con los dedos. James no quiso ninguno.

–Me pongo enfermo sólo de mirarlos –dijo él.

Dicey le observaba mientras masticaba. Parecía enfermo. Él conocía cuáles eran los síntomas de la conmoción cerebral, así que podía fingirlos. Pero no podía imaginarse a James fingiendo náuseas y saltándose una comida. ¿Debiera llevarle a un médico? ¿Cómo podía explicarle a un médico la situación en la que estaban ? ¿Cómo podía pagar un médico?

–Menos mal que no tienes hambre –comentó ella–. No hubiera llegado para todos.

James no respondió.

Dejaron limpias las espinas y las tripas, y las echaron dentro del agua. Dicey elogió a Sammy distraídamente por pillar los pescados. Luego recogieron la ropa, tiesa por el sol, y le sacudieron la arena.

–Regresemos a la zona de acampada –dijo Dicey–. James no debería estar al sol. ¿No crees, James?

James asintió, pero interrumpió el movimiento en seco, como si le doliera la cabeza al moverla.

De nuevo en su campamento, se sentaron todos en círculo y se quedaron mirando a James. Dicey estaba casi segura de que ya había pasado más de media hora. Sammy deambulaba tirando piedras y haciendo blanco en los arbustos con palos.

–¿Qué podemos hacer? –requirió él por fin.

–Nada –dijo Dicey.

Sammy iba dando puntapiés a las piedras.

–¿Por qué no?

–Les puedes llevar al área de recreo –le propuso James a Dicey–. Si no me muevo, no me duele tanto la cabeza. No tengo sueño. Sólo que, si pudiera estar tranquilo, ¿sabes?

–¿Estás seguro de que te podemos dejar solo? –le preguntó Dicey– ¿Qué hay de las conmociones cerebrales, cuánto duran?

–Suponiendo que el paciente guarde reposo unos días, hasta que pare el dolor de cabeza –le comunicó James.

–Así que mañana no nos podremos ir –dijo Dicey.

James empezó a mover negativamente la cabeza, pero hizo una mueca de dolor.

–Nos iremos cuando estés mejor –continuó Dicey.

–Probablemente tienes razón –dijo James–. Lo siento.

Dicey se tragó su malhumor y su impaciencia.

–Supongo que no pasa nada. Quiero decir que tendrá que ser así, ¿no?

Ella escarbaba la tierra con el dedo. ¿Cuánto tiempo tendrían que quedarse? ¿Días y días?

–Lo siento –repitió James–. Cuando se me pase ya te lo diré, Dicey.

–Vale –dijo ella–. Así pues, *iremos* hacia el área de recreo. Pero, no te vayas por ahí, ¿eh?

–¿Tú que crees? –preguntó James, apoyado en una piedra, con la cara todavía pálida.

–Entonces, nos vamos. Primera parada en los lavabos. James, ¿no tienes que ir al lavabo?

–No –dijo él–. Lo único que quiero es estar tranquilo.

Prefirieron atajar por el bosque, antes que bajar por el camino. Dicey recogió un palo largo con el que fue golpeando los troncos de los árboles, mientras intentaba encontrar una solución. Tendrían que quedarse un día más, como mínimo. También tendría que observar a James, para asegurarse de que estaba bien. Pero ella quería ponerse en marcha mañana por la mañana. Rompió el palo contra un tronco y recogió otro. Pero no podían irse porque no sería prudente para James.

Cuanto más tiempo permanecieran en un sitio, mayor era el peligro de que repararan en ellos.

Al salir del bosque, Dicey vio al chico y la chica que estuvieron hablando con ella en la playa. Louis y Edie. Ellos la miraron.

–Recordad –les susurró a Sammy y a Maybeth– que soy Danny. No lo olvidéis.

–Sí, Dicey –dijeron los dos.

El chico y la chica eran aún más jóvenes de lo que le habían parecido la noche anterior. Quizá no llegaran ni a los dieciséis. Edie tenía pelo largo castaño y ojos marrones saltones. Louis tenía el pelo castaño, rizado y alborotado y llevaba gafas de montura gruesa, las cuales se iba subiendo constantemente nariz arriba. Tenía los dientes torcidos, lo cual le hacía parecer simpático.

–Hola, Danny –gritó Edie.

–Hola –contesto Dicey, acercándose a ellos–. Os presento a Maybeth y a Sammy.

–Quiero ir a los columpios –dijo Sammy.

–Primero al lavabo, y luego podrás jugar.

–¿Vienes conmigo? –le preguntó Sammy.

–Claro –dijo Dicey, y se acordó de quién era, o, mejor dicho, quién no era. Sammy se limitó a sonreír.

El lavabo de hombres era igual que el de chicas excepto que había tres urinarios seguidos y sólo un wáter. El wáter no tenía puerta, pero era aceptable. De todas formas, se dio prisa y el corazón le latía con fuerza al cerrar la tosca puerta exterior de madera tras ella. Sammy estaba dentro lavándose las manos y la cara y aguantándose la risa, pero Dicey no quería arriesgarse rodando por allí más de lo necesario.

Cuando Dicey salió, Louis y Edie estaban de pie alrededor de Maybeth. Dicey mandó a Maybeth y Sammy hacia los columpios.

–No exactamente sola –dijo Louis, mirando a Dicey.

–No exactamente.

–Y aún hay otro niño más –dijo Louis–. Cuando le pregunté a Maybeth si erais tres en total, lo negó con la cabeza.

Dicey asintió.

–Ahora no está con vosotros –observó Louis.

Dicey suspiró.

–Se dio un batacazo, y está acostado.

–¿Cómo está? –averiguó Edie preocupada–. ¿Qué le ha pasado?

–Se cayó –dijo Dicey–. Él dice que no es nada.

–Y... ¿hacia dónde os dirigís? –preguntó Louis.

–A Provincetown, en el Cabo –le contó Dicey–. Aprovechamos que tenemos algo de familia allí. En verano es un sitio fascinante.

–Edie, ¿quieres que vayamos con ellos? –preguntó Louis–. Sería una buena forma de pasar desapercibidos, en caso de que tu viejo haya mandado a los polis.

Edie negó con la cabeza y miró a Dicey alarmada.

–Por lo que he oído, Provincetown es un buen sitio –continuó Louis–. Hay trabajo, mucha gente, y los polis no miran demasiado.

–Dijiste que podríamos estar aquí hasta que se nos acabase el dinero –dijo Edie.

–¿Tienes miedo? –le desafió Louis.

–Sabes que no. Lo he demostrado, ¿no?

–Claro. Te agenciaste el dinero sin problema. Tranquilízate, Edie... Danny no va a decirle nada a nadie, ¿no es así, chaval?

Dicey se le quedó mirando fijamente.

–En realidad, es como si no lo hubiera robado ella –continuó explicando Louis. Hablaba con Dicey pero observaba qué efecto le producían estas palabras a Edie–. Me refiero a que fui *yo* quien rellenó los cheques. Ella sólo tomó el talonario. Además, por lo que me imagino, le estoy ahorrando mucho dinero al viejo... el del colegio mayor de ella. Así que tendría que estarme agradecido. ¿No es así, Edie?

–Seguro.

–Así que... ¿qué dices? ¿Quieres viajar con estos chavales?

Edie negó con la cabeza.

–Me gusta estar aquí.

–¿Y si decido que nos vamos? –preguntó Louis.

Edie levantó la mirada hacia él. Tenía lágrimas en los ojos.

–¡Eh! –dijo Louis, y la rodeó con el brazo–. ¡Eh!, sólo te estaba tomando el pelo. ¿No sabes encajar una broma?

Dicey se alejó sigilosamente y se fue a los columpios. Supongamos que sea una broma, pensó. Pero si Louis y Edie intentaban ir con ellos, no sabría qué hacer.

No podía aguardar allí mucho tiempo preocupada por James, y preocupándose por cuándo podrían ponerse en marcha de nuevo. Sammy se quejó, pero ella hizo regresar a los dos pequeños apresuradamente al campamento. James les saludó con su voz normal. Tenía mejor la cabeza, les dijo, y un apetito descomunal... después de todo, se había saltado la comida. Bajaron todos a la caleta. James movía el cuerpo despacio y con cautela, como si temiese que se le fuera a romper.

Recogieron almejas para la cena mientras James vigilaba el fuego. Dicey envolvió, también, las patatas con algas y las enterró en las brasas. Habían bajado el cartón de leche. Cenaron cansados, silenciosos, y comieron tanto como quisieron. Detrás de ellos, el sol descendía lentamente. El crepúsculo avanzaba suave por encima del agua, tan sigiloso como un ratón.

Capítulo 5

Dicey se despertó al inicio de un día radiante. Permaneció inmóvil durante mucho rato, mirando el cielo despejado a través de las ramas y hojas de los arces y sicomoros verdes. Las hojas hacían dibujos sobre el cielo de fondo, estructuras complicadas que cambiaban de forma a la más leve brisa. Oyó a James moverse y se dio la vuelta para verle.

Los ojos de James se abrieron. Bostezó y se desperezó. Dicey esperaba que dijera lo primero que decía siempre, lo de sigue siendo cierto. En ese caso, todo volvería a ser normal.

Él la sorprendió mirándole.

–Me gustaría haberte visto yendo al lavabo de chicos –dijo él–. Creí que me partía cuando Sammy me lo contaba.

–Me lo imagino –dijo Dicey–. ¿Cómo tienes la cabeza?

James la volvió a un lado y a otro.

–Casi bien –dijo él.

–¿Qué significa casi? ¿Te duele?

James pensó.

–La noto delicada. Como si pudiera doler. No es que me *duela*, pero la noto como si me fuera a doler.

Dicey se sentó.

–No nos podemos ir hasta que James esté mejor –se dijo severamente a sí misma–, eso es lo más importante.

Así pues, tendrían que esperar un día más.

Sólo quedaban manzanas en sus provisiones, y Dicey quería guardarlas, por si acaso. Así que bajaron a la caleta, dejando a James atrás. Tres o cuatro familias llenaban ya la playa, y los Tillerman tuvieron que comer manzanas para desayunar, a pesar de todo.

–Es fin de semana –explicó James–. Y apuesto que eso significa que habrá mucha gente por aquí, sobre todo en las playas.

–¿Pero qué podemos hacer? –le preguntó Dicey, y se contestó ella misma–. Intentaremos pescar en la marisma. Tú, tendrás que quedarte aquí solo –le advirtió a James.

–¿Danny? –llamó una voz desde el camino–. ¿Eres tú?

Era Edie, y Dicey se levantó para mostrar a la chica donde estaban. Louis estaba con ella. Habían venido, dijeron, para ver cómo estaba el tercer hermano y para advertirles de que era fin de semana, con lo que habría mucha gente en el parque.

Edie llevaba un gran bulto, un instrumento. Se sentó al lado de James y tocó un poco, apoyándoselo en el hombro. En parte sonaba a banjo, y en parte a arpa.

–¿Te gusta? –le preguntó James.

–¿Qué es?

–Una cítara. ¡Escucha! –dijo ella, y se puso a cantarles una canción acerca de una chica que quería irse con su novio a la guerra.

–Me gusta –dijo Maybeth cuando Edie terminó.

–Y a mí también, querida –dijo Edie–. ¿Quieres que cante alguna canción que conozcas?

Maybeth negó con la cabeza.

Dicey miró a Edie por encima de la cabeza de James y preguntó:

–¿Sabes la de la Bella Peggy?

–Claro –dijo Edie, y al inclinarse sobre la cítara, su largo pelo cayó como una cortina. Rasgueó un par de acordes y levantó la cara. Pero no cantaba la misma canción que ellos. Esta canción hablaba de William, el amante pérfido, y de cómo engañó a la Bella Peggy para que huyera con él, pero luego la mató. Edie la cantó con dureza y agilidad, acompañándose con sonidos metálicos y agudos del instrumento.

–Cantas muy bien –le dijo James.

–Creí que nos íbamos –terció Sammy.

–¿Adónde? –preguntó Edie.

–A pescar –repuso Dicey.

–¿Tenéis el anzuelo y el sedal? –preguntó James, y Dicey asintió–. ¿Y gusanos?

Ella no se había acordado del cebo. Hay que contar con James para pensar las cosas a fondo, pensó Dicey, y perdonarle por su falta de persistencia de ayer, y por ser imprudente y caerse.

–¿Puedo quedarme con James? –preguntó Edie. Dicey no se opuso.

Cuando ya no se les podía oír desde el campamento, Sammy dijo que no iría a pescar con ellas y que se iba al área de recreo. No quería andar más, nunca más. Ni explorar. No quería meterse en líos. No le importaba quedarse solo. Y no iría con ellas, por mucho que Dicey dijera o hicicse.

Dicey decidió que probablemente no sería peligroso dejarlo en el área de recreo. Le dio instrucciones de que regresara al campamento si se aburría, que no fuera a deambular por ahí.

–Y no hables con nadie.

–¿Por qué no? –preguntó Sammy.

–Bueno, ya sabes, no hables de nosotros.

–No lo haría. No soy tonto.

Maybeth y Dicey cruzaron el camino de tierra del área de recreo y encontraron el sendero hacia el terreno pequeño de acampada. Otro sendero conducía a un peñasco desde el que se dominaban las marismas. Caminaban sin hablar en la calurosa mañana. Lo único que se oía era el susurro de las hojas y el crujido de sus pies en el suelo frondoso. Salieron del bosque en lo alto de la peña que marcaba el límite de la zona pantanosa. Debajo, se mecían las abundantes hierbas. Estrechos canales de agua fluían apaciblemente. El paisaje podía haber sido pintado con acuarela, de tan pálido que era el verde de la hierba, de tan suave que era el azul del agua.

Descendieron por un sendero corto hasta llegar al suelo fangoso de las tierras bajas. Una garza real se las quedó mirando, curiosa pero no asustada, antes de echar a volar hacia un lugar más apartado. Los mosquitos flotaban arracimados en el aire.

–¡Qué silencio! –dijo Dicey, y Maybeth asintió–. ¿Crees que habrá algún pez? –preguntó Dicey, sintiéndose hambrienta.

Maybeth no respondió. Dicey avanzó por la marisma hasta que encontró un lugar que le gustó. Allí cebó el anzuelo con un gusano que llevaba en el bolsillo, lo sumergió en el agua y esperó.

Maybeth estaba sentada al lado de ella, haciendo largas e inútiles trenzas con algas. Dicey pescó, casi en seguida, un pez de un palmo de largo. Volvió a cebar el anzuelo y pescó otro, aún más grande. No daba crédito a su buena suerte. Cada pocos minutos, notaba que picaban por el tirón brusco en el extremo del sedal.

Cuando tuvo bastantes, Dicey se sacó la camisa y colocó en ella todo lo que había pescado. Mientras pudieran pescar, no pasarían hambre. Sonrió a Maybeth.

–Regresemos a comer –dijo.

No habría problema. Podían esperarse a que James se pusiera bien.

Se detuvieron en el área de recreo para recoger a Sammy, pero no estaba allí. Dicey se apresuró a regresar al campamento. James estaba sentado solo, escarbando la tierra con un palo. A Dicey se le encogió el estómago.

–¿Sammy? –gritó. No debiera haberle dejado solo tanto tiempo–. James, ¿has visto a Sammy?

Sammy salió de detrás de una roca. Dicey soltó un pequeño bufido de alivio.

–¡Mirad! –dijo Dicey, sonteniendo en alto los peces que había pescado–. ¿Alguien tiene hambre?

–¿Por qué te escondías? –le preguntó Maybeth a Sammy.

–Oímos venir a alguien. No sabía quién era –dijo, y sus ojos color avellana buscaron el rostro de Dicey–. He encontrado algo.

–¿Qué? Enséñanoslo. Necesitaremos, también, algo de madera para cocer el pescado.

Sammy fue detrás de la roca y salió con una bolsa de comida en la mano, que dejó delante del lugar del fuego.

–Mirad eso –dijo él.

Bocadillos de ensalada de huevo, un bolsa de patatas fritas, bocadillos de jamón, trozos de apio con manteca de cacahuete, una bolsa de bizcochos, platos, vasos y servilletas de papel.

James se lo miraba sentado en silencio.

–¿Dónde lo has encontrado? –preguntó Dicey.

–En el bosque, al lado de los lavabos –dijo Sammy–. Y además, una gente me dio un perrito caliente, pero me lo comí con ellos. Tenían catchup. Estaba tan hambriento.

–Sammy –dijo Dicey despacio–. Eso parece el picnic de alguien.

–Se lo debieron olvidar –dijo Sammy.

–No es verdad –dijo Dicey.

–Sí lo es –dijo Sammy.

–¿Qué problema hay? –preguntó James–. Me refiero a que somos nosotros los que tenemos hambre. Ellos probablemente puedan volver a la tienda a comprar comida, quienquiera que fueran los dueños. O sencillamente irse a casa a comer. Pero nosotros lo necesitamos.

Dicey no podía estar completamente en desacuerdo con él.

–Pero eso es robar –dijo ella.

–Sólo comida –argumentó James–. Louis dijo que, tener comida suficiente, debería ser un derecho natural para todo el mundo.

–¿Lo sabe Louis?

–No. Sammy no había regresado.

–¿Sammy? Di la verdad –dijo Dicey.

–Ellos lo dejaron en una de esas mesas. No se quiénes eran. Dejaron dos bolsas en la mesa y vi que no había nadie vigilando, así que tomé una. Quería que todos tuvierais algo para comer . ¿Dicey? –él se esforzó en mirar a Dicey directamente–. Yo quería ayudar.

Dicey le comprendió.

–Bueno, seguramente así fue. Pero robar... nosotros no robamos.

No a menos que tuvieran que hacerlo, no a menos que se murieran de hambre, y entonces debería ser la propia Dicey quien lo hiciera. No un niño de seis años.

–Pienso que fue bastante listo por su parte –dijo James–. Y valiente.

–Eché a correr –alardeó Sammy–. Es difícil correr con una bolsa grande, pero corría tan aprisa que nadie me hubiera podido pillar.

–Me alegro –dijo Dicey, pasándose la mano por el enmarañado pelo–. No sé cómo te hubiéramos podido rescatar si te hubieran pillado.

–¿Me habríais rescatado? –preguntó Sammy.

–Por supuesto. ¿Tú qué crees?

–No lo sé –dijo Sammy.

–Estamos todo juntos, ¿no? –le preguntó Dicey–. Lógicamente, hubiéramos tenido que rescatarte. Pero hubiera sido difícil, muy difícil... así que me alegro.

Se comieron los bocadillos de ensalada de huevo y el apio entonces, porque la mayonesa podía echarse a perder. El resto de la comida de Sammy la guardaron para otro momento. Mientras tanto hicieron un fuego y asaron lo que Dicey había pescado. Cuando terminaron, hasta James estaba lleno. Permanecieron tumbados durante el resto de esa larga tarde de principios de verano, pero al final de la tarde, cuando empezó a refrescar el aire y las familias se fueron de la playa, los Tillerman bajaron al lado del mar. James estuvo sentado en silencio a la orilla del agua, mientras los demás jugaron al corre que te pillo hasta el anochecer. James necesitaba silencio; el calor le había dado dolor de cabeza. Pero le dijo a Dicey que no tenía que preocuparse por él.

Cuando regresaron al campamento, Louis y Edie les estaban esperando.

–¿James? Te hemos traído una cosa –dijo Edie–. Es comida para convalesciente.

Le alargó una pequeña bolsa de comida. Contenía dos naranjas.

–Gracias –dijo James–. Parecen estupendas.

Peló una y se la comió.

Dicey se apropió de la otra, la peló y la abrió por la mitad. Dio media naranja a Maybeth y media a Sammy. James parecía quererle decir algo, pero no lo hizo.

–¿Sabéis qué? –dijo Edie. Su voz surgía de la oscuridad.

–¿Qué?

–Cuando fuimos a buscar las naranjas, estaba allí un hombre comprando comida que contaba que le habían robado el almuerzo.

Louis continuó la historia.

—Era un tipo alto y gordo. Se preguntaba en qué se estaba convirtiendo el país cuando en un parque público robaban un almuerzo de picnic de una familia. Dijo que probablemente serían unos drogadictos. Estaba por llamar a la policía. Pero el chico de la tienda dijo que probablemente alguien le habría gastado una broma. El tipo alto dijo que si podía ponerle las manos encima al bromista, le enseñaría lo que pensaba de ello. Me recordó a tu padre, ¿no, Edie? ¿No es precisamente lo que hubiera hecho tu padre? Luego, se sacó una cartera de un palmo de gordo, atiborrada de billetes. Sacó un par y salió, quejándose todavía de su mala suerte. Le deseo buena suerte a quienquiera que se llevara su almuerzo.

—¿Por qué? —preguntó James.

—Los tipos gordos como ése, con fajos gruesos de billetes de banco... tienen tanto dinero que no saben qué hacer con él. Y siempre son los primeros en llamar a la policía contra tipos pequeños. Como nosotros. Como vosotros.

Dicey fue hasta el tonel de la basura para echar las pieles de naranja. Edie la acompañó.

—¿Danny? Me pregunto si lo habrán cogido tus chavales.

—No —dijo Dicey—. No, ¿cómo hubiéramos podido hacerlo? Estuvimos pescando en las marismas.

—Pensaba... ya sabes... que estaríais muy hambrientos —dijo Edie.

—No estamos hambrientos —dijo Dicey—. Hemos comido mucho.

—Si tú lo dices —dijo Edie.

Louis le llamó.

—¡Eh, Danny!, James dice que pescaste un montón.

Satisfecha por el cambio de tema, Dicey le habló de la marisma y de lo fácil que era pescar algo allí. Louis le dijo que era ilegal pescar en la marisma, porque esa zona era una reserva.

—Así que, será mejor que tengas cuidado, si no quieres que te pesquen.

Entonces, cómo se suponía que comerían, se preguntó Dicey. Comprando comida, se respondió. El mundo entero estaba montado para gente que tuviera dinero... para *adultos* que tuvieran dinero. El mundo entero estaba montado contra los niños. Bueno, ella podía manejarlo, de alguna forma.

–¿Y si te detuvieran? –dijo Louis–. Los chavales carecen por completo de derechos legales. Éste es uno de los motivos por los que me fui. ¿Qué pasaría con tus chiquillos, Danny? ¿Cómo es que estáis en ruta?

–¿Eh? –preguntó Dicey, fingiendo no haberle oído.

–Sois la pandilla más reservada que me haya encontrado nunca –dijo Louis–. Ni siquiera sé de dónde sois. ¿De dónde sois?

–De ningún sitio en especial –dijo Dicey.

–¿No te fías de mí?

La voz de Louis flotó en la oscuridad. Él esperaba una respuesta.

–No le molestes, Lou.

–No me fío de nadie –dijo Dicey–. Es lo que has dicho, los niños no tenemos derechos. Así que tenemos que ser especialmente prudentes.

–¿Por qué los niños no tenemos ningún derecho? –preguntó James.

–Porque pertenecen a los padres –respondió rápidamente Louis–. Tus padres pueden pegarte, robarte tu dinero, decidir no llevarte al médico... pueden hacerte todo lo que quieran.

–Hay una ley que dice que tengo que ir al colegio –dijo James–. Eso es un derecho, ¿no?

–Si te lo miras así.

–Ellos no me pueden matar –continuó James–. Sería un asesinato.

–Si se pudiera demostrar.

James reflexionó sobre ello.

–Entonces, la única persona que cuidará de mí soy yo mismo.

–Lo has captado. Y mejor que aprendas a hacerlo, y apréndelo aprisa y bien. Cuida de tí y deja a los demás que se jorobEN... porque están para jorobarte, puedes estar seguro.

–¿Y el amor, qué? –preguntó Edie.

–Cuéntanos, cuéntanos todo lo de tu viejo; ¡y luego hablas de amor! –dijo Louis–. Danny sabe lo que vale un peine... no se fía de nadie.

–¿Qué hacéis vosotros dos cuando no estáis acampados aquí? –les preguntó Dicey.

Vio las dos cabezas volverse la una hacia la otra, y la mirada que intercambiaron.

—No me puedo acordar —dijo Edie en voz baja—. Ya nada de lo de antes me parece real. Nada de lo de antes merece ser recordado.

—Así que supongo que podrías decir que no hacíamos nada. Y ahora hacemos algo... estar tumbados a la bartola. ¿No es eso, querida?

Entonces se levantaron para irse. Edie dijo que volvería al día siguiente y traería algo de sopa para James.

—¡Qué bien! —dijo James.

Los dos jóvenes se escabulleron en silencio. Dicey escuchaba atentamente, pero no podía oír sus pasos. Por un instante se preguntó si se habrían quedado por allí, para espiarles.

La mañana siguiente, mañana de domingo, amaneció calurosa. Con el calor, una calina dorada se extendía por encima de los árbo les y rocas. James dijo que, para él, no era un buen día para viajar, hacía demasiado calor y estaba demasiado lejos, y precisamente no se sentía muy bien. Así que Dicey llevó a su familia por lo alto de la montaña hacia la playa larga. Imaginó, y resultó ser correcto, que esa playa sería un lugar predilecto y que estaría llena de gente en este caluroso domingo. Planeó para los Tillerman que se perdieran entre la multitud de gente. James protestó, diciendo que quería esperar a Edie, pero Dicey le contestó que tenía que venir con ellos. El sol le daría dolor de cabeza, dijo él. Ella dijo que pensaba que podría resistirlo.

—De todas manera, ¿cuánto tiempo más nos tendremos que esperar? —pidió ella.

—No lo sé. Te dije que, cuando esté bien de nuevo, ya te lo diría —dijo James—. No tengo la culpa de estar enfermo.

Dicey no respondió.

La playa larga era una media luna plana que marcaba el límite de la ensenada poco profunda. Los niños llenaban la orilla del agua y sólo algún atrevido se estaba bañando de verdad. Las toallas atestaban la arena, cual alegres trozos de confeti. Sobre las toallas yacía gente en bañador, rodeados de cestas de picnic, bolsas de papel, toldos portátiles, radios estridentes y neveras llenas de hielo y bebidas.

Los Tillerman estuvieron paseando, sin llamar la atención, y más tarde regresaron a su campamento para un almuerzo frugal con los bocadillos de jamón y las patatas fritas, en el que se terminó la comida de la bolsa de Sammy. Luego volvieron a la playa larga. Dicey se alegró de no encontrarse a Louis y a Edie.

A media tarde, cuando la playa empezó a vaciarse, Dicey miró a su alrededor para reunir a James, Maybeth y Sammy. Podían irse mañana: había estado observando a James y estaba casi segura de que ya se encontraba bien. A Sammy no se le veía por ninguna parte. Ni James ni Maybeth habían hablado con él desde hacía mucho rato.

Dicey miró hacia los bajos bancos de arena, que la marea ascendente todavía no había cubierto. Sabía que no tenía que preocuparse de que Sammy se hubiera ahogado. Decidió esperar un rato. Seguramente, después de todo, sólo se habría marchado al bosque a hacer pipí.

En efecto, a los diez minutos, vio su cuerpo robusto bajando con dificultad por el sendero de la montaña. Fueron a su encuentro. Mientras iba bordeando el acantilado de enfrente del estrecho, Dicey le preguntó dónde había estado. Sammy volvió la cabeza para mirar detrás de ellos, y luego anunció con orgullo:

–He conseguido otra.

–¿Otra qué?

–Otra bolsa de comida. Eran las sobras que una familia no se podía acabar. Les vi comer y luego guardaron el resto en la bolsa. Después bajaron todos a sacarse la arena en el agua, y yo agarré la bolsa y me fui corriendo. Está en el campamento.

–Buen trabajo, Sammy –dijo James.

–No, no lo es –dijo Dicey, y se arrodilló delante de él–. Y Sammy lo sabe –le dijo mirándole directamente a los ojos. Él se puso morrudo y no quería mirarla–. No hay que robar –dijo Dicey.

–¿Ni siquiera si estás hambriento? –argumentó Sammy.

–Tú no estás hambriento, hambriento de verdad –dijo Dicey–. Nosotros nunca robamos nada. Los Tillerman no tienen que robar.

–Bueno, quizá debiéramos hacerlo –interrumpió James–. Es como una guerra, ¿no? Nosotros contra todos y así conseguiremos llegar a Bridgeport. Si no, en seguida le habrías pedido ayuda a un policía, cuando había uno rondando nuestro coche. ¿Te acuerdas? –Dicey se acordaba–. Con que, siendo así, ¿qué problema hay en que Sammy se quede con las sobras de alguien?

–Y algo más –dijo, sonriéndole a James–. Hay dinero. Una cartera.

–¡Oh, no! –gimió Dicey–. Sammy, no es lo mismo robar una cartera que robar comida. Precisamente una cartera, no te la puedes llevar impunemente. Tenemos que devolverla.

–¡No! –gritó Sammy.

–Sí –dijo Dicey con firmeza–. Y ahora mismo. Tengo razón ¿no, James?

Incluso James estaba de acuerdo.

Dicey mandó a James y Maybeth a recoger mejillones, almejas y leña para el fuego. Se llevó corriendo a Sammy al campamento y él le enseñó donde tenía escondida la bolsa robada.

–Pero se han ido a casa –protestó–. Cuando regresé, sus toallas habían desaparecido.

De mal en peor. Dicey reflexionó con ahínco y aprisa. Sacó la cartera de dentro de la bolsa –era una cartera de hombre, de piel marrón– y agarrando a Sammy de la mano, volvió corriendo a la playa larga. Quería hacérsela devolver a él mismo y que se disculpara. Pero no podía arriesgarse.

La playa larga estaba vacía, bajo las sombras que caían del acantilado hacia el agua. Pero Dicey oyó voces que llegaban de alguna parte. Se paró a medio bajar de la escarpada colina e hizo que Sammy le señalara donde había encontrado la bolsa. Levantó el brazo y lanzó la cartera hacia el lugar. No esperó ver donde aterrizaba, sólo se dio la vuelta y regresó corriendo con grandes esfuerzos, cuesta arriba. No aguardó a Sammy.

A salvo de nuevo al abrigo de los árboles, Sammy dijo malhumorado:

–Casi había veinte dólares.

Dicey no respondió. No se le ocurría qué decir. Por fin dijo:

–Tienes que hacer lo que yo te diga. Lo que *yo* te diga, no lo que te digan los demás.

Sammy asintió como si lo hubiera entendido.

Aquel atardecer, hicieron un fuego en la playa y cocieron mejillones al vapor. Estaban tan calientes y tan tiernos que se quemaron la lengua con su carne anaranjada. El olor a algas marinas mojadas, mejor aún que el de madera húmeda, se elevaba con el humo del fuego e impregnaba sus rostros. Se sentían salados después del día en el agua. Estaban juntos. La luz se debilitaba, desvaneciéndose en el incipiente crepúsculo. Las estrellas empezaban a ser visibles, alfilerazos de luz en un cielo de seda. Si no lo supieran, hubieran podido pensar que cuando el fuego se apagara y la luna brillara resplandeciente en el cielo, podían volverse y hacer la ardua y lenta ascensión por encima de las familiares dunas hasta su propio hogar. Allí, mamá levantaría la vista para saludarles y les preguntaría si habían tenido un buen día.

Sammy cavaba pozos para que el agua circulara por ellos. Maybeth ordenaba conchas y piedras pulidas por el agua en un intrincado dibujo. James hacía rebotar piedrecitas sobre el agua.

—Bueno, mañana nos pondremos en marcha de nuevo —dijo Dicey.

—No estoy seguro, Dicey —protestó James—. No creo que deba, aún.

Dicey le miró. Parecía como que lo decía en serio.

—Podemos quedarnos aquí —añadió Sammy—. Se está muy bien.

Dicey se sentó al lado del fuego, con las rodillas pegadas a la barbilla, atizando la hoguera con un palo largo y meditando. Tenían que irse. Pero ¿y si James no estaba mejor y eso le perjudicaba? ¿Debiera quedarse un día más?

Louis y Edie aparecieron silenciosamente detrás de ella y la sorprendieron con unos acordes de cítara. A Dicey la música le fue grata, pero hubiera querido evitar cualquier nuevo contacto con ellos. Edie tocaba y cantaba. Louis tomó a Maybeth de la mano y la sacó a bailar en una danza galopante, playa arriba, playa abajo. Sammy les iba a la zaga bailando una giga a su aire. James seguía el ritmo con enérgicas palmadas. Dicey le miró... ¡valiente hermano! Estaba tan enfermo como ella. Iban a irse mañana, aunque tuviera que sacarles a rastras del parque.

Terminada la danza, se pusieron todos a descansar alrededor del fuego mientras Edie seguía cantando. Louis colocó a Maybeth a su lado. Sammy se acurrucó junto a Dicey. El cielo se volvió de terciopelo negro. El agua de raso oscuro se fruncía contra la arena.

–Tenemos que irnos a dormir –dijo Dicey, al poco tiempo.

–No os vayáis aún, Danny –dijo Edie, dejando la cítara en el suelo–. Nunca me lo había pasado mejor.

Dicey se levantó y se sacudió la arena del trasero. Apenas despierto, Sammy esperaba al lado de ella. James permanecía sentado, con la mirada llena de reproches.

–¿Maybeth? –dijo Dicey dulcemente.

Maybeth se le acercó.

–Buenas noches, querida –dijo Louis.

Maybeth no respondió.

–¿Nunca dice nada? –preguntó Louis.

–Claro. A veces.

–Esperad –dijo Edie–, venimos con vosotros.

Treparon por el empinado sendero. En lo alto de la colina, Dicey se volvió para decir buenas noches y así poder marcharse, pero Louis se agarraba del brazo de Edie y aguzaba el oído.

Entre los árboles vieron una luz brillante que lanzaba destellos azules de forma rítmica.

–¿Qué es eso? –preguntó Dicey.

–¡Cállate! –dijo Louis–. ¡Muévete, Edie!

Ellos dos se escabulleron en la oscuridad.

Dicey se dio cuenta de que él tenía razón. Era un coche de policía recorriendo el camino que pasaba por los campings. Metió a su familia entre los arbustos y les dijo que se tumbaran.

–Es un coche de policía –dijo James tranquilamente–. Se dirige hacia nuestro campamento.

–Dejé la bolsa en la basura –dijo Dicey.

–Ahí es donde mirarán –dijo James.

–No puedo ver lo que ocurre –dijo Dicey–. Seguid tumbados y que nadie haga ruido.

Los árboles crujían en la oscuridad. El agua chapaleteaba suavemente en la playa. Dicey reflexionaba.

–Vamos a ir al bosque de detrás del área de recreo, dando un rodeo –dijo ella–. Dormiremos allí y mañana saldremos a primera hora.

–Pero... –dijo James.

Dicey sintió la manita de Maybeth en su brazo.

–No hay pero que valga. Hoy has estado bien todo el día, y tú lo sabes. No me mientas más. No te creeré.

Se esperaron un buen rato y luego empezaron una silenciosa caminata a través del parque en tinieblas. Describieron un amplio círculo alrededor de su campamento. No veían nada, no oían nada, sólo los insectos y el ruido del viento. Dicey estaba segura de la dirección que había tomado, pero no supo exactamente donde estaban hasta que vio ante ella el pálido vacío del área de recreo. Para entonces ya estaban tan cansados que llegaron dando traspiés hasta el bosque de más allá y se quedaron a dormir allí. Durmieron inquietos.

Capítulo 6

Se despertaron a la tenue luz de antes del amanecer. Retazos de bruma flotaban a ras del suelo. Los troncos de los árboles, húmedos y negros, se vislumbraban entre la nebulosa media luz.

–Sigue siendo cierto –dijo James.

Había humedad, y tenían la ropa empapada. Dicey quería ponerse en marcha en seguida.

–¿Estáis listos? Vayamos a los lavabos y luego salgamos de aquí.

El alba doraba el cielo cuando llegaron a la entrada del parque. El miedo, que no les había abandonado desde la noche anterior, empezó a desvanecerse ante la perspectiva de una mañana soleada. Un ruido de motor de coche alarmó a Dicey, que obligó a su familia a retroceder para esconderse en el bosque.

–¿Por qué? –preguntó James.

–¡Cállate! –le susurró Dicey severamente–. ¡Echaos al suelo y no hagáis ruido! No lo sé, pero no quiero que nadie nos vea.

Un coche de policía, seguido de otro coche de policía, rugía por la carretera. Ambos redujeron la velocidad y se metieron por el camino de tierra. Se pararon, justo pasada la entrada, el uno junto al otro. Dejando el motor en marcha, un policía salió del primer coche y fue hacia el coche de atrás. Sus botas de piel relucían. Llevaba gafas oscuras y un arma al cinto. Se apoyó en la ventanilla del lado del conductor y desplegó un mapa que Dicey reconoció como el mapa del parque. Señalaba lugares en él.

Dicey se esforzó en oír lo que estaba diciendo, pero los motores ahogaban sus voces.

Repentinamente, el policía asintió dos veces con la cabeza y regresó a grandes zancadas a su coche. En lo alto de los coches de policía, las luces destellantes estaban encendidas. Los dos coches rugieron camino abajo.

–Vámonos –dijo Dicey–. Daos prisa.

Se alejaron aprisa carretera abajo.

–¿Qué pasaba? –preguntó James.

–No lo sé –dijo Dicey.

–¿Nos buscaban a nosotros? –preguntó James.

–No lo sé –dijo Dicey.

–O a Louis y a Edie –dijo James–. Nadie sabe que nosotros estemos aquí. Pero la gente sí sabe que Louis y Edie están aquí... compran comida cada día.

–Nosotros también compramos comida.

–Sólo el primer día. ¿Cuánto tiempo hace de eso?

–No me acuerdo. Pero nos hicimos con esos almuerzos.

–Fue Sammy. No nosotros.

–Louis y Edie se han fugado; y quizá algo más –pensaba Dicey en voz alta–. De todas formas, hemos conseguido irnos a tiempo.

Los niños caminaron durante toda la mañana. Estaban en forma por lo duros que fueron los primeros días, descansados por los días en el parque. Tanto los ánimos como los músculos de todos estaban en buen tono. La carretera serpenteaba hacia el sur, siguiendo la costa.

Al mediodía, descansaron al borde de la carretera, apoyados en una de las pequeñas cercas de piedra que había por toda esa comarca.

–Tengo hambre –dijo James–. ¿Vosotros no?

–No hemos visto tiendas de ningún tipo después de aquel pueblo –contestó Dicey–. Ni garajes.

Entonces, como si un puño negro le golpeara la cabeza, se dio cuenta:

–¡Mi mapa! Ni siquiera sé dónde estamos. ¿Cómo he podido olvidar el mapa?

—¿Hemos de dar media vuelta? —preguntó James—. En aquel pueblo había una tienda.

—De eso hace kilómetros. Además, más vale que lo sepáis. No nos queda mucho dinero, sólo veintiséis centavos. Iba a intentar conseguir trabajo en la tienda de al lado del parque, pero tenía miedo de que llamásemos demasiado la atención al tenernos que quedar. Así que ahora tenemos que seguir andando —dijo Dicey—. Hemos visto vías de tren, ¿no? Eso significa que tienen que haber otros pueblos más adelante.

—¿Pero qué comeremos? —preguntó James.

—Por ahora, nada. No podemos. Sólo hay que seguir andando y ver lo que pasa. Si tuviera mi mapa podría ver dónde está el mar y podríamos pescar, buscar almejas o recoger mejillones. Necesito un mapa.

Cuando se levantaron estaban cansados, más cansados que cuando se habían sentado. Los pliegues de las colinas y la simetría de los árboles habían perdido la facultad de deleitarles. Caminaban más despacio que antes. La sensación de no saber qué les esperaba ni cuándo, ponía nerviosa a Dicey.

Al cabo de una hora, pasaron una señal que indicaba el límite de un pueblo llamado Sound View. Dicey se sintió mejor. Pronto las casas posando juntas y el cartel de entrada colgado a la vista en un pequeño centro comercial situado a ambos lados del cruce les dieron la bienvenida. Los centros comerciales de esta carretera eran completamente distintos de los de la ruta 1. Los de aquí eran más pequeños y más elegantes. No tenían aparcamientos enormes, sólo una hilera de sitios para aparcar al lado de la acera. En vez de amplios escaparates llenos de carteles de ofertas, esas tiendas tenían cristales pequeños, como las ventanas de las casas. Todo se veía limpio.

Dicey les dio instrucciones a los otros tres de que se quedasen donde estaban, mientras ella cruzaba la calle y entraba en una gasolinera. De la oficina se ocupaba un hombre, con una franja de pelo alrededor de su reluciente cabeza, que estaba amodorrado con los pies encima del escritorio de madera. Roncaba apaciblemente.

Al cerrar Dicey la puerta de un portazo, levantó la cabeza de golpe. La observó con sus ojos azules.

–¿Puedo servirte en algo?

–Quisiera, por favor, un mapa de Connecticut.

Tiró de un cajón y eligió un mapa de entre las diversas hileras de carpetas que había en él.

–Serán cincuenta centavos –dijo.

–Pues no tengo suficiente dinero –dijo Dicey.

–Bueno –dijo, y colocó nuevamente el mapa en su correspondiente carpeta, cerró el cajón y volvió a poner los pies encima del escritorio.

–Necesito un mapa –dijo Dicey.

–El papel es caro, chaval. Ya no regalamos mapas.

–¿Y quién regala?

–Nadie –dijo, y cerró los ojos.

Dicey se quedó ahí, mordiéndose el labio. Dinero, dinero, dinero, siempre dinero. Y no podía llegar al cajón, buscar el mapa indicado y escapar por la puerta... no lo bastante rápido como para conseguirlo.

–¿Señor? –dijo ella, y él abrió los ojos–. Realmente necesito uno.

–Ese es tu problema, chaval. Lo siento.

–¿Puedo trabajar a cambio de uno?

–¿Haciendo qué?

–No sé. Alguna faena habrá por hacer... alguna cosa. ¿Barrer? ¿Fregar? ¿Están limpios los lavabos?

–Mis lavabos siempre están relucientes –dijo él, y cerró los ojos.

Dicey se quedó reflexionando. Se preguntaba si podría poner gasolina. No parecía difícil.

–Ese cristal –dijo el hombre. La oficina tenía un gran escaparate con cristalera que daba a los surtidores de gasolina y a la calle–. Ese cristal necesita un lavado. ¿Sabes cómo se utiliza un enjuagador de goma?

–Por supuesto –dijo Dicey, aunque ni siquiera sabía lo que era un enjuagador de goma.

–Ayer no llegué a hacerlo –dijo el hombre, trasteando en un cuartito de donde sacó un cubo, un trapo y un utensilio de mango largo que debía ser el enjuagador.

–Por dentro y por fuera –dijo él.

Dicey asintió.

–Por completo y sin dejar rayas.

Dicey asintió. A ver si la dejaba trabajar tranquila.

–Te daré el mapa y además veinticinco centavos. ¿Te parece bien?

–Muy bien.

Dicey empezó por fuera del escaparate. Hizo señas a su familia de que esperasen, y James asintió para mostrarle que lo había entendido. Los tres estaban sentados en el bordillo, mirando a Dicey. Dicey llenó el cubo, le añadió algo del detergente de la botella que encontró en él, removió la mezcla y empezó a esparcir el agua por el escaparate. Lo hacía a cuatro tiempos, mojaba el cristal, hacía bajar por él el enjuagador con firmeza, escurría el enjuagador y repetía el último paso otra vez. El crital quedó reluciente. Entonces fue adentro e hizo lo mismo. Algún coche se detenía, repostaba gasolina y arracaba de nuevo. Cada vez que un coche se ponía en marcha, Dicey miraba para asegurarse de que sus tres hermanos seguían allí.

Terminó, vació el cubo y lo guardó. El hombre regresó de repostar gasolina a un coche. Le entregó el mapa y los veinticinco centavos.

–Has conseguido público –dijo él.

–Son amigos.

–Bueno, has hecho un buen trabajo. Si estás por aquí dentro de unos días...

–Gracias, señor –dijo Dicey.

–Te lo has ganado, chaval.

Dicey regresó hacia su familia, con el mapa en la mano.

–Estuviste horas –dijo James–. Tengo tanta hambre que me duele el estómago.

–El mapa costaba cincuenta centavos. Así que lavé el escaparate. Y además, he conseguido veinticinco centavos más.

–Vamos a comer –dijo Sammy.

Caminaron a lo largo de la fachada del primer tramo del centro comercial, pero sólo vieron un restaurante y unas tiendas de ropa. Cruzaron la calle y entraron en un pequeño supermercado lleno de artículos especiales, productos exóticos y exquisitos, y enorme fruta de lujo. Cualquier cosa de los estantes costaba mucho más de cincuenta y un centavos. La gente que trabajaba en la tienda se quedaron mirando a los Tillerman con recelo, y Dicey se apresuró a salir de allí con sus hermanos.

–Pero yo quiero comer –protestó Sammy–. Si no como me moriré.

Dicey le estiró con firmeza hacia la puerta.

–¡Cállate!... no sabes lo que pensará la gente –le susurró a la oreja, y él hizo un ruido con la nariz–. Mira, por un día no te morirás. Para morirse de hambre hacen falta días y días.

Una pequeña panadería, cuyos escaparates estaban repletos de tartas adornadas y pastas bien colocadas, tenía negocio también en el segundo tramo del centro comercial. Dicey no les dejó quedar delante de los escaparates, pero les sentó alrededor suyo en el bordillo, un poco más allá, con las rodillas pegadas al parachoques de un Cadillac azul.

–Bueno –dijo Dicey–. Tenemos que obrar con inteligencia.

–¿Qué quieres decir? –preguntó James.

–Sólo tenemos cincuenta y un centavos y, por aquí, eso no bastará ni para comprar comida para uno de nosotros. Ésto es una zona muy pija. Con que... nos conformaremos con artículos de panadería porque son lo más barato, pero no sin descuento. Así que tendremos que conseguir que esa mujer de ahí nos quiera dar mucho por nuestro dinero. Tenemos que conseguir darle lástima.

James asintió.

–Voy a contarle lo hambriento que estoy –se ofreció Sammy.

–No, no lo harás, y no darás pie a que empiece a hacerte preguntas –saltó Dicey. Su propio estómago estaba tenso y hasta tenía problemas para reflexionar–. Hay que hacerlo correctamente, con la persona adecuada.

–Esa eres tú, ¿no? –preguntó James.

–No. Esta vez no. Ni tú tampoco. Al principio, no caemos bien a la gente. Maybeth sería la mejor.

Maybeth negó con la cabeza sin decir nada y miró a Dicey fijamente con los ojos muy abiertos.

–Lo sé –suspiró Dicey–. Así que, Sammy, a pesar de todo, te toca a ti.

–Bueno –dijo Sammy–. Dame el dinero.

–No tan deprisa. Si te pregunta, estamos veraneando en una casa... ¿dónde? –dijo Dicey, haciendo memoria–. En Old Lyme. Salimos a pasear y nos perdimos, y esta tarde no hay nadie en casa para venirnos a buscar en el coche. ¿Lo has captado? Y tenemos hambre. Eso por si te pregunta.

–¿Y si no pregunta?

–Necesitamos comida suficiente para el almuerzo, y quizá también para la cena. Y por sólo cincuenta y un centavos. Con que, a menos que te dé dos barras de pan por ello, haz como que dudas. Dile que es demasiado. Cuéntale que sólo tienes cincuenta y un centavos. Pregúntale si esta carretera nos conducirá a casa. Sé valiente y conmovedor... ¿sabes lo que quiero decir, Sammy? Pero pase lo que pase no le digas la verdad.

Se levantó. Tenía las piernas robustas y morenas. Alargó una mano sucia y Dicey puso el dinero en ella.

–¿Sabrás hacerlo, Sammy?

–Eso creo.

–Si no hay nada que valga la pena, no compres nada.

–Dicey... yo no haría eso.

No, él no lo haría. No se le podía tomar el pelo. Le miraron caminar y entrar en la panadería. Oyeron un tintineo de campanillas cuando cerró la puerta. Luego esperaron, callados, durante lo que les pareció un rato muy largo, observando la parte delantera del enorme coche. Éste, a su vez, les miraba fijamente, también, con ojos gafudos y vacíos.

Dicey volvió la cabeza cuando oyó que se abría la puerta de la tienda por el tintineo de campanillas. Sammy llevaba una gran bolsa blanca de panadería en una mano. En la otra tenía un pastelito redondo a medio comer. Su mirada se encontró con la de Dicey, y rápidamente se embutió el resto del pastelito en la boca.

–Es magnífico –dijo él–. Ella tenía un par de donuts secos, unas pastas rellenas y una tarta que dijo que ya llevaba dos días sin poderlos vender. Dijo que podía llamar a nuestros padres, pero le dije que no recordaba el número de teléfono. Dijo que quizá mi hermana se acordara. Con que dije que podía salir y tú me darías el número, después de comer, porque creía que estabas bastante hambrienta.

Dicey dio un salto de alegría.

–Buen trabajo, Sammy –dijo–. Vale, vámonos. No quiero responder a más preguntas. Comeremos tan pronto como estemos fuera de la vista. Nos comeremos la tarta... eso merece una espera, ¿no?

Bajaron trotando la carretera y doblaron una esquina. Una vez fuera de la vista, se sentaron en la hierba a comer, partiendo trozos de tarta de manzana con los dedos y lamiendo todo el pegajoso jugo antes de tomar otra porción. Estaban demasiado hambrientos como para guardar algo para más tarde; sólo quedaban dos pastas rellenas en la bolsa blanca cuando Dicey puso su mapa dentro de ella y la dobló por arriba. Les hizo poner en marcha de nuevo. Quería llegar hasta un riachuelo que había visto en el mapa. Era un riachuelo que moría en la desembocadura del río Connecticut. Posiblemente hubiera peces. Si podían pescar, podrían desayunar antes de ponerse en camino, con lo que no importaría desmasiado que no les quedara nada de dinero.

No les quedaba ni un centavo. Ni uno.

Unos seis kilómetros carretera arriba encontraron el riachuelo. Dicey les condujo hasta él, alejándose de la carretera. El riachuelo estaba bordeado de pantanos, pero si se iba unos metros atrás la tierra era más elevada y seca. Estaba anunciado: PROHIBIDO CAZAR. PROHIBIDO PESCAR. PROHIBIDA LA ENTRADA. Pero Dicey pensó que tendrían que arriesgarse. Un pequeño fuego, durante las horas de luz, no sería muy perceptible.

Dejó a James y a Sammy pescando abajo en el riachuelo y regresó con Maybeth hacia los árboles. Juntas despejaron un lugar para el fuego y lo rodearon con piedras. Luego recogieron leña menuda, hojas y ramas para quemar, además de cuatro ramas delgadas en las que podrían ensartar el pescado. En toda su paciente espera, James y Sammy sólo pescaron dos peces. Dicey los asó y los distribuyó entre ellos, repartiendo el pescado y las dos pastas rellenas equitativamente. Después de todo un largo día andando, no era suficiente comida. Se fueron a dormir en silencio, hambrientos, sedientos, arrimándose unos contra otros para darse calor.

Dicey se despertó pronto y desenterró algunos gusanos. Bajó el sedal y el anzuelo al riachuelo e intentó pescar algo para desayunar.

Los peces pican a primera hora de la mañana. Los barcos de pesca que salían de Provincetown, salían cuando aún estaba oscuro, y así, cuando el amanecer hacía salir a los peces, ellos ya estaban ahí, preparados y con las redes caladas.

Los pájaros despertaban. El sol estaba saliendo, aunque no se podía ver por las nubes. El agua gorgoteaba tranquila a los pies de Dicey. De vez en cuando oía alguna lancha, lejana, pero coches no. Sin embargo, allá a lo lejos se oía un zumbido que hacia pensar en tráfico denso. Este ruido le llegaba por un viento continuo que soplaba del interior hacia el mar.

Esta mañana, los peces no picaban.

Oyó a James llamándola con pánico en la voz. Lentamente, hizo la caminata de regreso con su familia.

–Ya te lo decía –le dijo Sammy a James–, porque el hilo de pescar había desaparecido.

–No sabía dónde estabas –dijo James–. ¿Por qué no dijiste dónde te ibas?

–Estabas dormido –contestó Dicey–. ¡Anda, moveos!

No dijo ni palabra de comer. Ellos no le preguntaron.

Éranse cuatro niños desanimados que volvían a la carretera, pasaban por encima del pequeño puente y cruzaban un pueblo diminuto que ni siquiera tenía su propio edificio de correos, solamente una parte reservada para la lavandería con una banderita ondeando fuera para indicar dónde estaba la oficina de correos. Atravesaron el pueblo y siguieron adelante hacia el norte a lo largo del río Connecticut. Era una mañana gris y bochornosa, y Dicey pensó que cualquier día de esos llovería otra vez. No tenía energías para preocuparse por ello. Además, el agua de lluvia se puede beber.

Al mediodía estaban en el pueblo de Old Lyme y Dicey había identificado el rumor distante, que ahora se iba haciendo más fuerte, como el de la autopista. Aquí la ruta 1 se juntaba con la autopista para cruzar el amplio río.

Pasaron la rampa de entrada a la autopista y un centro comercial pegado a ella. Se abrieron camino hacia la orilla del río y se quedaron mirando arriba, hacia la altísima estructura metálica que se arqueaba sobre sus cabezas para cruzar el río.

Cuando Dicey se dio cuenta que el puente no tenía vía peatonal, se quedó desconcertada mirando al río fijamente. No era tremendamente ancho, pero era demasiado ancho para cruzar nadando.

Si no había vía peatonal tendrían que andar por el bordillo de la carretera, pero seguro que alguien les daría el alto. Eso si no les atropellaban antes. Coches, camiones y autobuses... todos pasaban como rayos por este puente como si les persiguiera el mismísimo demonio. Y además les debía perseguir en ambas direcciones, pensó Dicey; de cualquier forma, les atraparía.

Dicey se sentó acurrucada ahí mismo donde estaba, y ocultó el rostro entre las rodillas. ¿Cómo podrían seguir adelante desde allí? Río abajo, el puente del ferrocarril tenía en el medio un tramo levadizo que estaba levantado. Por ahí no podían cruzar. El siguiente puente estaba kilómetros y kilómetros río arriba. Las lágrimas brotaron de sus ojos y las comisuras de los labios se le alargaron hacia abajo.

Tú no debes llorar, se dijo a sí misma. Tú no.

Sin dinero, sin comida y sin posibilidad de seguir adelante. El silencio tras suyo le dijo que sus hermanos le estaban mirando. Quizá podían permanecer ahí mismo, sin moverse, y quedar petrificados. Entonces sus problemas se habrían acabado. Dicey abrió los ojos y miró las rodillas en penumbra. No podía hacer nada más. Nada. Había hecho todo lo que había podido, pero no bastaba, y ahora no podía hacer nada más. Así era. Era el fin.

Suspiró y sintió una manita en el hombro. Maybeth. Y levantó la cabeza para echar otro vistazo al invadeable río.

Por lo menos era hermoso, con curvas, islas pantanosas y yates amarrados a lo largo de las orillas. Por lo menos, los árboles que cubrían lo alto del peñasco, se extendían sobre ellos, altos e imponentes. Un solitario velero de dos mástiles se deslizaba río abajo. Ella lo observó.

–¿Dicey? –dijo Maybeth.

–Sí, Maybeth –respondió Dicey, sin volver la cabeza–. No tenemos ni comida, ni dinero ni un forma de cruzar el río.

–¿Qué es lo que va mal?

Dicey casi se pone a reír.

«¿Qué es lo que va bien?», le hubiera contestado, pero no dijo nada. Dejando aparte lo de la forma de cruzar el río, no se puede conseguir comida sin dinero, y no tenían ni una cosa ni la otra.

Precisamente, los chavales no pueden ganar dinero.

Ayer, ella lo había hecho. Había ganado setenta centavos, en total. Si ahora tuvieran setenta y cinco centavos, hoy podrían comer algo.

–¿Qué vamos a hacer ahora? –preguntó James.

–No sé –dijo Dicey. Tenía que conseguir algo de dinero. Pero ¿cómo? Ahí estaba ese centro comercial. Tenía un gran aparcamiento y un supermercado. Se lo imaginó detalladamente y luego se imaginó a sí misma saliendo del supermercado con dos grandes bolsas repletas de provisiones tras haber conseguido dinero de alguna manera, bolsas repletas de fruta, de carne, de pan, de latas de verdura y una cazuela para cocinar cosas en ella. Y un abrelatas; ¡vaya mala suerte haber olvidado el abrelatas!

En su ensueño, esa Dicey que se veía saliendo del almacén con provisiones suficientes como para que su familia comiera durante varios días, con los ojos brillantes y una gran sonrisa alargándole la boca, esa Dicey tropezó y se cayó. La comida se desparramó por el suelo. Las ruedas de los coches aplastaron las naranjas y los plátanos esparcidos. Un perro pilló el paquete de carne para hamburguesas y echó a correr con él. La gente de alrededor seguía su propio camino, acarreando sus propias y pesadas bolsas de comida.

¿Era así cómo se sentía mamá? ¿Éste era el motivo por el que huyó? Porque ya no se le ocurría qué más podía hacer para cuidar de sus niños y no podía soportarlo.

Dicey se dijo a sí misma: me estoy poniendo enferma como mamá. Las fantasías no hacen ningún bien. Entonces su mente volvió con rapidez a la gente con sus bolsas pesadas.

Esa podía ser una forma. Si todos se ponían a ello. Podrían ganarse algo.

Torció la cabeza y se peinó el pelo con los dedos. Había que tener un buen aspecto o la gente no se fiaría de ellos.

–Escuchad, podemos ayudar a llevar las bolsas hasta los coches en ese centro comercial. Puede que nos den propina.

–Primero quiero comer –dijo Sammy.

–No podemos –le dijo Dicey, mirándole directamente a los ojos–. No nos queda nada de dinero, ya lo sabes. Todo lo que tenemos es eso –y le mostró la bolsa blanca en la que llevaba el mapa.

–¿Dicey? ¿Todo se arreglará? –preguntó Sammy, mirándola asustado.

Mamá siempre le tranquilizaba, siempre que tenía miedo o cuando ella se había enfadado porque estaba preocupada. Ella siempre le sonreía y le decía que todo se arreglaría. Y de un modo u otro, siempre era así.

–Eso espero –dijo Dicey–. No lo sé. Te diré que, si esta idea funciona y podemos ganar algún dinero, lo primero que haremos será comprar un litro de leche. Los primeros cuarenta centavos que tengamos. Te lo prometo.

El miedo permanecía en los ojos de Sammy, pero asintió con la cabeza. Dicey les acicaló tanto como pudo. No se había dado cuenta de lo sucios que llegaban a estar. Maybeth tenía el pelo completamente enmarañado. James tenía las manos marrones de roña y las uñas negras. Y Sammy parecía... bueno, Sammy parecía que tuviera más de seis años, cosa que podía estar bien. Ella misma tenía los pantalones cortos mugrientos y las rodillas manchadas. Pero su oscuro pelo seguía estando corto, con lo que debía parecer correcto. De todas formas, tenían que intentarlo.

Se colocaron en la parte de fuera de las puertas de entrada, donde las bolsas de papel salían sobre una cinta transportadora. Maybeth miraba a la gente que entraba y salía y negó con la cabeza. Los ojos se le pusieron grandes y suplicantes. Dicey lo comprendió. Le dijo a Maybeth que se fuera a sentar tranquila en el otro extremo de la cinta transportadora. Maybeth asintió y salió corriendo. Se sentó sin mover ni un músculo, estaba sentada en silencio, exactamente como si estuviera esperando que su madre la viniera a buscar para ir a casa.

La mayor parte de gente a la que los niños se acercaron decía «no, gracias» con una especie de mirada perpleja, como si no ocurriera a menudo que alguien se ofreciera a llevarles las bolsas de la compra. Algunos, sobre todo las señoras con bebés, decían que sí, con mirada de agradecimiento, y o Dicey o James o Sammy les llevaban las enormes bolsas hacia el amplio estacionamiento de vehículos. La gente les daba una moneda de diez centavos o algunas de cinco.

Al final de la primera media hora, cuando ya tenían cuarenta centavos, Dicey entró a comprar leche, tal como había prometido. Desaparecieron tras la esquina del edificio para bebérsela, con cuidado de que no se les derramara ni una sola gota. El frío y rico líquido fluyó por la garganta de Dicey y se le asentó con suavidad en el estómago. El cartón pronto se vació.

–¿Mejor? –preguntó Dicey.

–Mejor –dijeron ellos.

Y volvieron al trabajo.

Toda la tarde se estuvieron acercando a desconocidos para preguntarles si querían que les llevaran las bolsas. Dicey aprendió a leer el sí o el no en los ojos de la gente antes de que hablaran. Luego, inesperadamente –el camino de la buena suerte siempre sorprende a uno–, tuvieron muchísima suerte.

Un viejo y una niña pequeña salieron del concurrido almacén. Se quedaron esperando a que sus bolsas emergieran por las puertas metálicas de la cinta transportadora.

En seguida, el hombre se acercó a un grupo de tres bolsas de provisiones. La niña pequeña seguía a su lado. Dicey se les acercó.

–¿Querría que le llevara esas bolsas?

Él la miro.

–Hay tres –dijo, indeciso.

–Mi hermano también puede ayudar –dijo Dicey.

–El coche está al otro lado del aparcamiento, junto al restaurante –dijo él.

–No hay problema –concluyó Dicey.

El hombre dudaba o quizá esperaba que ella dijera algo más, que preguntara de nuevo. Como que ella no dijo nada más, eso pareció decidirle y la miró con ojos risueños.

–¿Por qué no? –le dijo la niña pequeña–. Pues sí –le dijo a Dicey–, tú y tu hermano lleváis estas dos y yo tomaré la tercera. Cuidado... hay huevos en alguna de ellas. Nos hemos acordado de los huevos, ¿no?

–Abuelito –habló la niña–, me lo has estado preguntando todo el rato. Para ya. Pero abuelito –dijo, con una mueca mohina–, tú me has dicho que podría llevar una bolsa. Lo has dicho.

Él le dijo que no con la cabeza.

–Dijiste que podría porque soy tu ayudante en el barco.

Él la ignoró. Dicey también la ignoró, porque no le gustaba su tono de voz.

–Y además soy mayor que él –dijo la niña pequeña, señalando a Sammy–. No hay derecho.

Caminaron hasta el coche. Sammy llevaba la bolsa más ligera. El hombre y Dicey llevaban las más pesadas. La niña pequeña se rezagaba. Para dar conversación, el hombre preguntó a Dicey cuánto dinero habían ganado, y ella contestó que aún no lo habían contado. Le preguntó cuánto rato llevaban en ello, y, cuando ella respondió que toda la tarde, dijo que le debía gustar trabajar. Dicey se encogió de hombros. Dijo que a él le gustaba trabajar, pero que no estaba seguro de si no era porque eso hacía las vacaciones mucho más apetecibles.

Esto hizo sonreír a Dicey.

–Así que os dedicáis a ello todos juntos –dijo el hombre. No lo dijo por fisgar, sino como si realmente se interesara por ella, Dicey.

Dicey prefirió contestarle, incluso sabiendo que no le podía decir la verdad.

–Queremos hacerle un regalo de cumpleaños a nuestra madre –dijo ella.

–¿Qué pensáis regalarle? –le preguntó él.

–Necesita una tabla de planchar nueva –respondió Dicey.

–Vuestro padre os puede ayudar un poco, ¿no? –dijo el hombre. Dicey supo que así es como actuaría este hombre.

–No está por aquí –dijo brevemente Dicey.

El hombre se limitó a asentir. Habían llegado al coche. Llevaba matrícula de Pennsylvania. Él aguantó la puerta del maletero mientras ella y Sammy ponían las bolsas dentro. Luego él puso su bolsa, y se metió la mano en le bolsillo.

–¿Cuántos estáis aquí? –preguntó él.

–Cuatro –dijo Dicey.

Se sacó la cartera y le dio dos dólares.

–Hay cincuenta centavos por cabeza –dijo él.

–Es demasiado –protestó Dicey, sin querer aceptar el dinero.

Él dobló los billetes y los embutió en el bolsillo de los pantalones cortos de Dicey.

–Esto, señorita, me toca a mí decidirlo. Ahora marchaos. Y buena suerte.

Dicey le dio las gracias y se volvió para irse. Para entonces, la pequeña ya había llegado, arrastrando los pies, hasta el coche. Se puso de puntillas para hablar con su abuelo, y él la metió con firmeza en el coche mientras le decía algo. Estaba enfadado con ella, pero sin estar furioso. La dejó caer en el asiento de al lado del volante.

Dicey y Sammy se alejaron.

–¿Cuánto dinero te ha dado? –preguntó Sammy, en seguida que no les pudieran oir.

Antes de que Dicey pudiera responder, oyó unos pies corriendo y la pequeña la asió por el brazo.

–Esperad –dijo, con otro dólar en la mano–. Esto es de mi parte. El abuelito me ha dado permiso. Mamá me lo dio para que le comprara un regalo mientras pasaba la noche con el abuelito en su barco, pero todo era de plástico y a ella no le gusta el plástico. Dice que es una porquería. De todas formas, preferirá que le escriba un cuento, y lo puedo hacer esta noche. El abuelito me dio papel y lápices. Para tenerme callada, eso es lo que dijo. Hablo mucho. Quizá le escriba una poesía, que será más corto. Así que eso es para vuestra madre. Siento haberme enfadado.

Dicey volvió a dudar.

–Tómalo –le recomendó Sammy.

–Por favor, tómalo –dijo lo pequeña con una sonrisa–. Quiero que lo aceptéis. A mamá le gustan mis poesías más que cualquier otra cosa. Dice que son estupendas. Voy a escribir una sobre los peces, porque estamos en un barco. ¿Creéis que los peces comerán flores? Porque escribo poesías muy bonitas sobre flores.

Dicey apenas seguía el hilo de la interminable cháchara. Sonrió y tomó el dólar.

–Vale –dijo.

–Vale –dijo contenta la pequeña, y corrió hacia el coche donde le aguardaba su abuelo. Dicey no miró como se alejaban.

–Bueno –fue todo lo que dijo Sammy, pero regresó pavoneándose a su puesto junto a las puertas del supermercado.

Poco después, Dicey llamó a James y a Sammy, y contaron el dinero que habían ganado. Cinco dólares con quince centavos. Dicey meneó la cabeza de satisfacción.

–Eso sí que es una mejora –dijo, y entró a comprar manteca de cacahuete, pan y leche. Aún tenía 3,85 dólares cuando salió.

–Y además hemos conseguido una bolsa bien llena.

Regresaron a su arbolado puesto y examinaron el sinuoso río. Sólo podían ver dos casas, una a cada lado de donde estaban sentados, ambas contruidas en lo más bajo del peñasco y diseñadas para tener vistas sobre el río, ambas con esas paredes y ventanas que tienen las casas modernas. Después de que hubieran comido, Dicey expuso la próxima dificultad, que no podían cruzar el río por el puente. Ya no se sentía tan desesperada, con lo que pudo contarlo sin que sonara a derrota. Habían ganado dinero más que suficiente. Y el abuelo y la pequeña... Dicey no sabía por qué le habían hecho sentir mejor, pero así era, aunque ello no le iba a facilitar las cosas.

Los Tillerman se sentaron en fila mirando fluir el río. Miraron los barcos amarrados muy cerca unos de otros en clubs náuticos, o solos al final de largos embarcaderos. Sobre sus cabezas, los coches retumbaban cruzando el puente.

–Podemos ir río arriba hasta el puente siguiente –sugirió James.

–Eso llevará días –dijo Dicey–. Pero quizá tengamos que hacerlo. Estaba poco dispuesta a viajar lejos del agua; no quería alejarse del estrecho que formaba parte del mar.

–¿Se estrechará el río lo bastante como para cruzar nadando?

–No lo sé –dijo Dicey–. Sería demasiado arriesgado encender un fuego, ¿no? Tengo ganas de sentarme junto a un fuego, ¿vosotros no?

Maybeth se arrimó a Dicey y tatareó una canción desafinando. Dicey estaba sentada, sin pensar ni preocuparse, sólo sintiendo la barriga llena y el calor del cuerpo de su hermana, mirando como el agua del río relucía con el sol, recordando con orgullo cuánto habían trabajado James y Sammy esa tarde, preguntándose en qué barco dormía la pequeña y pensando que aquellos dos se acordarían de ella. Le vino una melodía a la cabeza y se puso a cantar una de las viejas canciones de mamá, una canción triste.

–«El mar es extenso, no lo puedo vadear. Ni tengo alas para volar.»

La melodía flotaba río adentro, hacia donde ella no podía ir.

–«Dame una barca que pueda llevar a dos, y los dos remaremos... mi amor y yo».

El sol poniente hacía flotar oro a lo largo de la superficie del río.

–«Qué bonito es el amor cuando empieza» –cantaba Dicey–. «Hermoso como una flor cuando se abre» –y dejó de cantar–. Tomaremos una barca –dijo.

–Bueno –dijo Sammy.

–¿Dónde conseguiremos una barca? –preguntó James–. ¿Dónde podríamos conseguir una barca?

–Todos esos yates tienen pequeños botes a su servicio, para que la gente de los yates pueda ir y volver de los amarraderos. Tomaremos un bote, cruzaremos remando y lo dejaremos atracado en la otra orilla. Yo puedo remar, así que tú también podrás, James, si es necesario.

Ella les condujo hacia abajo del escarpado peñasco, agarrando la bolsa con la comida sobrante y el mapa. No quería dejarse ni la comida ni el mapa otra vez. Bajaron resbalando la mayor parte del camino, rebotando con sus traseros y riéndose. Al pie del peñasco, Dicey se dirigió río arriba.

Encontraron una barca de remos fácilmente. Estaba boca abajo sobre la tierra, al lado de un largo embarcadero privado. Esperando a que oscureciera, observaban nerviosos la casa de arriba del peñasco cuyas ventanas iluminadas daban al río plateado. Dentro, cuando oscureció por completo, alguien echó las cortinas sobre las amplias ventanas. Entonces, los niños se acercaron sigilosamente a la barca.

James y Dicey la bajaron a cuestas hasta el final de embarcadero y sin hacer ruido la lanzaron al agua. James sujetó la amarra mientras Dicey fue a buscar la bolsa, los remos, y a Maybeth y Sammy. Estaban acostumbrados a las barcas, con lo que no tuvieron problema en subirse a ella en silencio. Maybeth se sentó en la proa, Sammy y James en la popa. Dicey embarcó los remos y James desatracó. La barca se deslizó, alejándose del embarcadero.

Dicey alzó los remos en sus escálamos. Los bajó con cautela, al no estar habituada a su peso. Los remos desaparecieron en las negras aguas, y la barca salió disparada hacia adelante.

La corriente les arrastraba un poco aguas abajo y las remadas de Dicey les acercaban al otro lado. El agua tranquila les facilitaba la travesía. Sobre sus cabezas se vislumbraba el puente. Sus gruesos pilares provocaban fuertes corrientes capaces de atrapar un bote pequeño y, quizá, incluso hacerlo zozobrar. Dicey sabía lo bastante como para simplemente seguir esas corrientes rápidas hasta que el bote hubiera salido de ellas. Entonces hundió de nuevo los remos en las oscuras aguas.

El cielo estaba oscuro. Todo estaba oscuro, tan oscuro que casi no se podían ver las caras entre ellos. El agua fluía debajo de ellos, negra y profunda.

Dicey iba rumbo a las luces de la orilla opuesta. Sentaba bien extender los músculos de los brazos y la espalda, echar el cuerpo atrás y tirar de los remos.

En medio del río, la corriente se calmó y la barca salió disparada hacia adelante. Luego, al acercarse a la lejana orilla, Dicey notó que las corrientes y los remolinos empezaban de nuevo. James la dirigió hacia un enorme club náutico, donde habían luces encendidas en muchos edificios y en muchas de las ventanillas de los barcos amarrados en hileras a lo largo de los muelles. Parecía una especie de aparcamiento. Se pararon junto a un barco que estaba a oscuras y vacío, con el bote amarrado en la popa. Dicey pensó que si dejaba la barca allí había muchas probabilidades de que fuera reclamada o devuelta.

Habían bajado hacia la desembocadura del río, donde el agua salía al estrecho. Había un pueblecito situado abajo en la llanura. Se dirigieron hacia el pueblo, hacia el sur. Estaba ya muy entrada la noche y cada vez había menos casas, pero no encontraban un lugar seguro para dormir. Después de una hora, todos estaban cansados, y Sammy tropezaba a cada tres pasos. Dicey se lo subió a la espalda y le dio a James la bolsa de provisiones. Entonces descubrió lo tensos que tenía los músculos por la larga remada.

Llegaron a una iglesia, blanca, radiante en la oscuridad. Detrás de ella se extendía el cementerio, con bosquecillos de árboles plantados entre las lápidas de los sepulcros. Dicey se dirigió hacia el cementerio.

Detrás de ella iba James sin aliento.

En el primer bosquecillo de árboles, Dicey dejó a Sammy en el suelo. Ya estaba medio dormido y se limitó a acurrucarse en el suelo. Maybeth se colocó a su lado sin decir una palabra. Dicey se quedó mirando a James.

–Es un cementerio, Dicey –dijo James.

–Lo sé –dijo ella–. Pero estamos cansados.

–¿Crees en fantasmas? –le preguntó él.

–No he visto nunca ninguno –dijo Dicey, y se sentó. James se sentó pegado a ella. Podían distinguir las lápidas de las tumbas dispuestas en primorosas hileras. Algunas tenían estatuas en la cúspide.

–No creo en fantasmas –dijo James–. De todas formas, no me gusta este lugar. Es... demasiado silencioso.

¡Claro!, el silencio a su alrededor era denso como niebla. El silencio vibraba, como si hubiera cosas debajo de él luchando por abrirse camino.

Dicey bostezó. Estaba demasiado cansada, el día había sido demasiado largo, como para preocuparse de cosas así.

–Me gusta el silencio.

James dio una ojeada al cementerio.

–Todos nos vamos a morir, ¿sabes?

Dicey asintió.

–Pero aún falta mucho.

–¿Crees que mamá está muerta?

–No lo sé. ¿Cómo puedo saberlo?

–No importa cuando, pero nos moriremos –comentó James–. Así que no importa lo que hagamos, ¿verdad?

Dicey estaba pensando en otras cosas, en comida y mapas, y no le respondió.

–A menos que exista un Infierno, para castigarnos. Pero no creo que exista. De veras, no lo creo. Ni un Cielo. Ni nada. ¿Dicey?

–¿Sí?

–¿Sabes en lo único que se puede contar, lo único que siempre es verdad? La velocidad de la luz. Louis me explicó que Einstein la había calculado, 300.000 kilómetros por segundo. Esa es la única cosa segura. Todo lo demás... cambia. Me sentí orgulloso de que Sammy robara aquella comida, ¿lo sabías?

–Y yo también.

–¿Sí? Pues no lo parecías. Parecías enfadada.

–Bueno, lo estaba.

–Dicey, esto no tiene sentido.

–Estoy demasiado cansada como para que pueda razonar, James. Intento imaginarme dónde debemos estar. Hemos hecho camino río abajo. Tendremos bocadillos para desayunar. Nos acabaremos la comida y así no la tendremos que transportar –dijo Dicey, y dejó vagar su mente–. ¿Oíste a mamá alguna vez hablar de su padre, James? Tenemos que tener algún abuelo, ¿sabes?

–Probablemente muerto –dijo James–. Todos ellos están o muertos o moribundos.

–Vete a *dormir*, James –dijo Dicey–. Eso es puro pesimismo. Te vas a volver loco.

–Me vuelvo loco cuando intento encontrar una buena razón por la que no *debería* ser pesimista –le contestó James.

–Vete a dormir.

–No quiero.

–Por favor, vete a dormir. No estás loco. Nunca estarás loco. Sólo eres demasiado listo para tu propio bien. Cualquiera que esté despierto y tenga ideas como esas... bueno, debería irse a dormir.

Dicey se acostó y cerró los ojos con decisión. James suspiró.

Capítulo 7

El día amaneció nublado y bochornoso. Franjas de nubes manchadas de gris cubrían el cielo.

—Sigue siendo cierto —dijo James.

Echó un vistazo al cementerio. El verde brillante de la hierba contrastaba con el descolorido mármol de las lápidas de las tumbas, y las lápidas reflejaban el gris frío del cielo.

—Algunas de ellas están inclinadas —dijo James—. Apuesto que son antiguas, antiguas de verdad. Centenarias.

Después de desayunar, mientras Dicey recogía los desperdicios y los metía en la bolsa de papel para tirarlos en la primera basura que vieran, los pequeños exploraron el cementerio. Sammy iba con James, porque James podía leerle todo. Maybeth deambulaba entre las filas de tumbas, observando las estatuas de ángeles y corderos.

De repente, Dicey temió haber olvidado a dónde iban, así que se recitó a sí misma la dirección de tía Cilla. Sra. Cilla Logan, 1724 Ocean Drive, Bridgeport. Debía hacérselo memorizar a los demás. Tomó nota mentalmente para hacerlo mientras caminaran ese día.

Luego estudió el mapa y admitió que tendrían que regresar a la ruta 1. No quería. Quería permanecer entre casas grandes y árboles altos, en la carretera de la playa que le mantendría junto al mar. Pero la ruta 1 era el camino más corto, incluso a pesar del rodeo que daba hacia el norte de la autopista antes de entrar en New Haven.

Una vez tomadas esas decisiones, Dicey fue a llamar a los demás. Tenían que ponerse en marcha. Tenían dinero, un mapa y los estómagos llenos... no era un mal comienzo.

Mientras esperaba que Maybeth regresara y que James y Sammy terminaran de descifrar lo que había escrito en una lápida rota que se inclinaba hacia el suelo, Dicey se miró las lápidas de alrededor, Leyó una inscripción: *El hogar del cazador es la colina, y el del marinero el mar.*

Vaya cosas para poner en una tumba.

Como decir que estando muerto se está en casa. El hogar, para Dicey, era la casa de ellos en Provincetown, donde el viento hacía crujir las tablas de una forma que casi era música. O la casa grande y blanca de Tía Cilla que estaba frente al mar, con la que había soñado. Estando muerto, uno no se iba a casa, ¿no? A menos que –y recordó lo que James había estado diciendo la noche anterior– el hogar fuera el sitio donde se permanecía al final, por siempre jamás. Entonces, esta persona estaba en casa, y nadie podía estar verdaderamente en casa hasta que se muriera. Era una idea terrible.

Sólo la gente viva tenía hogar. Esa era la diferencia.

(Si mamá había muerto, ¿dónde estaba su tumba? ¿Qué ponía en su inscripción? Nadie sabría ni siquiera su nombre, ni quién era ni cuándo nació.)

Si se toma como hogar el sitio donde uno está contento y del que nunca se quisiera ir, entonces Dicey nunca había tenido un hogar. El océano siempre la hacía sentir inquieta; así que ni siquiera en Provincetown, ni siquiera en su recordada cocina estaba en su hogar. Por eso Dicey siempre corría por la arena al lado del océano, como si tuviera que competir con las olas. El océano tampoco era pues su hogar, ni ningún otro lugar. Nadie podía estar realmente en su hogar hasta que estuviera en la tumba. Nadie podía estar tranquilo, de verdad, hasta entonces.

Era una idea dura y fría escrita en esa piedra dura y fría. Pero quizá fuese cierto.

Si Dicey muriese, creyó que no le importaría tener esta poesía en su lápida, ahora que lo pensaba. Ella era el cazador y el marinero, y creía que los muertos yacían tranquilamente en sus tumbas.

–James –le dijo cuando éste regresó–. ¿Recuerdas lo que decías anoche?

–Ajá.

–Eres muy listo –dijo Dicey.

–Lo sé –dijo él.

Un sol pálido se mostró por detrás de las nubes. Parecía como si ahora hubiera dos capas de nubes, una capa más baja, como un velo gris, desplegado delante de la otra. Donde el velo se rasgaba, se podían ver islas de nubes plateadas en lo alto de las cuales podían haber habido ángeles. No lindos angelitos de Navidad, sino ángeles altos y severos vestidos de blanco, cuyos rostros estaban tristes y serios de estar junto a Dios todo el día y de oír sus decisiones acerca del mundo. Dicey se quedó hipnotizada con la plata fundida de las islas de nubes y hasta que el velo gris borroso no las cubrió de nuevo, no empezaron su caminata del día.

La ruta 1 no habia cambiado en su ausencia. Tiendas, centros comerciales, garajes, fabricantes de muebles, restaurantes, puestos de comida rápida: la procesión de cemento continuaba, interrumpida sólo por los semáforos colgados de gruesos cables sobre la calzada. El tráfico era más denso, y los gases de los tubos de escape y los humos de gasoil no podían elevarse en el cielo en ese primer día gris, pero se cernían sobre todas las cosas. Siempre sentían los rostros y manos mugrientos. Día tras día, su dinero iba disminuyendo.

Cuando Dicey intentó recordar esta parte del viaje, descubrió que podía acordarse de muy poco, que todo estaba confuso en su memoria, los días largos y las noches singulares. Pasaron una noche en una playa de arena pizarrosa, sin resguardo ni fuego. Pasaron una noche en un bosquecillo de pinos que había a la entrada de una finca, donde Dicey se estuvo despertando con frecuencia temiendo que les pudieran descubrir los dueños de una gran casa de piedra que había al final del camino. Pasaron una noche a la entrada de otro parque nacional. Cuando la ruta 1 dio un rodeo hacia el norte, cruzaron por debajo de la autopista y pasaron una noche miserable acurrucados en la parte trasera de un centro comercial. Durmieron sentados juntos en la acera de hormigón, apoyados en la pared de hormigón. Cuanto más se aproximaban a la importante ciudad de New Haven, más juntos estaban los edificios y ya no había espacios abiertos.

Todos esos días, el sol salió sólo dos veces, una vez durante una hora al principio de la mañana, y la otra al final de la tarde para ofrecerles una hermosa puesta de sol. La lluvia se había ido preparando lentamente. Finalmente, la lluvia empezó a caer durante la noche que pasaron en un diminuto parque infantil junto al río Branford. Al día siguiente gastaron el dinero que les quedaba, y se tuvieron que comer los donuts fríos de pie bajo la lluvia. Continuó lloviendo, aplacible y uniformemente, durante todo el día. Aquella noche, Dicey les hizo refugiar bajo un tren de lavado de coches desierto, y les despertó pronto para estar fuera antes de que llegara alguien a abrir el negocio o a lavar el coche. Les despertó pronto aunque nadie en su sano juicio lavaría el coche en un día de lluvia. No se puede esperar que la gente actúe como si estuviera en su sano juicio. Dicey no quería arriesgarse.

Se acercaban a New Haven y Dicey sacó el mapa, que llevaba debajo de la camisa, ahí donde quedaba protegido por la ropa y por su brazo. Planificó la forma de atravesar la ciudad. Quería conseguir cruzarla antes de que oscureciera. No le gustaban las ciudades y no quería tener que pasar la noche en una.

No tenían nada que comer ni dinero con que comprar comida, pero Dicey se negó a tener en cuenta estos hechos. Primero cruzarían la ciudad y luego ya conseguirían algo de dinero. Cruzarían la ciudad hambrientos porque no había más remedio.

James, Maybeth y Sammy recibieron esta noticia sin cambiar de expresión. Ya no hablaban ni cantaban, sólo iban siguiendo a Dicey sumisos. Si ella tenía comida para darles, se la comían. Si no había comida, no decían nada. Dicey pensó que quizá preferiría que se hubieran quejado, pero había otros problemas de los que no se podía ocupar hasta haber cruzado la ciudad. Estaba el problema de la cojera de James producida por un agujero en la desgastada suela de su playera izquierda, el de que Maybeth tuviera los párpados grises y de que no se le hubiera oído la voz durante días, el de la nueva costumbre de Sammy de pegarse a su mano y hacer todo lo que ella le dijera, en seguida, sin siquiera empezar a discutir.

James, Maybeth y Sammy la escuchaban en silencio mientras ella recitaba las calles que tomarían para cruzar la ciudad.

–Tenemos que dejar la ruta 1 para cruzar los ríos –dijo ella–. Así que seguiremos la vía del tren un rato, luego tomaremos una calle llamada Quinnipiac durante dos manzanas hasta Ferry Street. Con eso ya habremos cruzado un brazo del río. Cuando Ferry Street se cruza con Chapel Street doblaremos a la izquierda y empezaremos a andar a través de la ciudad. Entonces, junto a un gran colegio mayor, pasaremos por encima del río. Ahí estaremos aproximadamente a medio camino. ¿Vale?

Tres caras pálidas asintieron.

–Luego, vamos a tener que volver a la ruta 1, así que doblaremos a la izquierda en un cruce de calles para dar con ella. No importa qué calle tomemos. Podemos seguir la ruta 1 el resto del camino para salir de la ciudad.

Tres miradas sin expresión asintieron.

–Con que, vámonos. O no habremos conseguido cruzar antes de que oscurezca.

Dicey caminaba con Maybeth y James llevaba a Sammy de la mano. Al principio, la mayor parte de edificios eran bajos, de cuatro o cinco pisos de ladrillo sucio. Andaban al lado de la vía del tren y sólo veían las partes traseras de los edificios, casas sin hierba en el patio, ventanas sucias con cortinas rasgadas, cercas que parecían como si una rata gigante las hubiera estado royendo. Las ventanas vacías de las fábricas estaban decrépitas. La lluvia caía sin parar. A veces veían por un momento un rostro en alguna ventana abierta. Pero la mayor parte del tiempo, salvo la gente que miraba por las ventanillas del tren, no vieron a nadie.

Cruzaron un río pequeño, andando por un paso peatonal estrecho y cubierto construido siguiendo la carretera. Caía un chaparrón que producía impactos miniatura en el agua turgente del río. En él flotaban cieno grasiento y hierbas, amontonándose en islas fibrosas junto a las orillas.

La Chapel Street, llena de tiendas, estaba vacía. Tiendas de comestibles, supermercados, algún cine, tiendas de excedentes del ejército y la marina, tiendas de licores con rejas de metal protegiendo los escaparates. La calle pasaba por un parquecito antes de cruzar otro río. Al otro lado del río, edificios altos y modernos, con todas las paredes completamente de cristal, sobresalían por encima de las achaparradas construcciones de ladrillo.

Los Tillerman siguieron andando, pasando por encima de la autopista. Pasaron hoteles, tiendas de ropa, joyerías y librerías; después, iglesias antiguas de ladrillo, con letreros que anunciaban el sermón que se daría el próximo domingo, y unas pocas y amplias casas antiguas de la ciudad. A medida que fue oscureciendo y se fueron encendiendo las luces, se podían ver los amplios interiores donde enormes espejos colgaban de paredes marfil claro y largas cortinas servían de marco a bruñidas mesas de madera.

Dicey no miraba los escaparates de las tiendas como hacían los demás, ni por las ventanas de las casas. Ella miraba los rostros sin sonrisa de la gente que pasaba a su lado.

La noche, echándoseles encima con rapidez, no estaba a su favor, ni la lluvia, que seguía cayendo sin parar. Pero se les había pasado el hambre a todos, pensó ella... ella sabía que ya no tenía hambre, que sólo estaba cansada.

Fue después de las diez cuando llegaron al colegio mayor y al parque de la plaza que se extendía en el centro de la ciudad. A un lado de la plaza estaba el colegio mayor, en el opuesto una capilla y en los otros dos la ciudad.

Dicey finalmente admitió que esa noche tendrían que dormir en la ciudad. Tendrían que hacerlo en este parque, aunque era demasiado abierto. Escogió un grupo de arbustos alejado de los faroles de la calle.

—Mirad, iréis todos ahí —dijo ella, señalando una especie de nido formado por las ramas bajas de unos arbustos como de pino—. Os acurrucáis ahí, tan a cubierto como podáis. Yo me quedaré aquí afuera vigilando.

Ellos la obedecieron sin decir una palabra.

La lluvia tamborileaba al caer. La gente cruzaba el parque deprisa, inclinando la cabeza. Dicey se sentó en un banco cerca del escondrijo de su familia y miró a través del parque hacia el largo edificio de dormitorios del colegio mayor. Algunas ventanas tenían luz. En una había alguien sentado.

Dicey estaba sentada con la mirada perdida en la noche, sin ver, sin pensar. Brillaban luces por todo su alrededor. Los faroles de la calle proyectaban manchas de luz sobre las aceras mojadas. Las gotas de lluvia recogían la luz de los faroles y brillaban, al caer, como guijarros amarillos. Un luminoso neón rojo resplandecía en la bruma a lo alto de un edificio lejano. Las ventanas de los dormitorios, acabadas en arco, tenían aspecto de recortables amarillos. El agua de calles y aceras reflejaba la luz con un brillo plateado.

Dicey estaba sentada y seguía velando. Tres niños pequeños, solos en la ciudad: no podía dormir.

¿Cuántos días más hasta Bridgeport? Y la gran casa blanca de tía Cilla.

¿Cómo conseguirían dinero? ¿Por qué habría tirado los veinte dólares que Sammy encontró? ¿Cómo comerían todos esos días hasta Bridgeport?

¿Cómo iba a ver que habían llegado, cuando ni siquiera sabía dónde estaba?

Dicey notó la lluvia como más caliente, hasta que una falta de aire en la nariz y un dolor en la garganta (como si estuviera intentando tragarse una manzana entera) le dijo que estaba llorando. ¡Pero ella nunca lloraba! Y ahora no podía parar.

Oyó pasos acercándose, los primeros en mucho rato. Una persona sola. Bajó la barbilla y cruzó los brazos sobre el pecho, intentando aparentar como que estaba dormida. Contuvo la respiración para impedir un sollozo que le iba creciendo en la garganta. Pero mantenía un ojo abierto. Si le era necesario, podía salir huyendo y alejarse corriendo de los arbustos donde dormía su familia. Todos ellos sabían la dirección de tía Cilla.

Alguien –un hombre, supuso ella por las perneras de sus pantalones y sus mocasines– se sentó al otro extremo del banco. Llevaba mojadas las perneras como si hubiera estado andando mucho rato. Se le pegaban a las pantorrillas. Dicey no se movió.

Pero el sollozo sí. Creció y se le escapó a través de sus apretados dientes. Los ojos llenos de pánico de Dicey buscaron el rostro de la persona que estaba a su lado.

Él se había vuelto para mirarla. Era joven. Llevaba un impermeable amarillo y las manos embutidas en los bolsillos. Con la poca luz, sus ojos eran oscuros y serios. Tenía el cabello emplastado sobre la frente.

Cuando habló, su voz era uniforme.

–Parecías una niña que lloraba. Pensé que eras una niña que lloraba. ¿Puedo ayudarte?

Dicey se mordió el labio y movió la cabeza negativamente.

–¿Te has perdido?

De nuevo, Dicey dijo que no con la cabeza.

–Vale –dijo él, y parecía creerla–. ¿Puedes ir andando a casa desde aquí?

Eso le dio a Dicey ganas de sonreír, pero no de reírse. Negó con la cabeza.

–¿Se te ha comido la lengua el gato?

–¡No!

–Vale. Te diré lo que pienso. Creo que no tienes un sitio donde dormir, probablemente estás hambrienta, estás asustada y preocupada, y no quieres contarme nada. Hasta aquí, ¿estoy en lo cierto?

–Ajá.

Se corrió en el banco y se volvió de cara a Dicey.

–Vale. Veamos. No tienes por qué creerme, pero puedes confiar en mí. Yo mismo he estado en este tipo de líos más de una vez. Por si sirve de algo, soy estudiante del colegio mayor, por si eso te dice algo de mí.

–Las escuelas están cerradas en verano.

–Los colegios mayores no. Tienen cursos de verano. Sigo un curso de geología porque este año me la suspendieron y tengo que aprobarla para licenciarme. Me quiero licenciar el próximo junio.

–No pareces tonto –dijo Dicey.

–No lo soy. Sólo que no trabajé, así que es culpa mía. Mira, tengo una idea para ti.

–¿Ajá?

–Ajá. No digas que no directamente. ¿Vale? Vale. Por qué no vienes conmigo, comes algo y pasas la noche en mi cuarto. Es mejor que el parque... por lo menos está seco. Tengo un compañero de habitación, así que no tendrás que peocuparte de que estés sola conmigo.

–También yo tengo compañeros –dijo Dicey.

Él sonrió.

–No uno. Tres... allá.

La miró con atención.

–Pues vale, iremos todos. ¿Todos de tu edad?

–No. Más pequeños. Son mis hermanos y mi hermana.

Quedó un poco boquiabierto, y luego cerró la boca rápidamente. Sus cejas estaban arqueadas, como si no pudiera salir de su asombro.

–¿Nunca cesarán las sorpresas? –preguntó él.

Se levantó enérgicamente.

–En el peor de los casos, de todas formas, ya me he hecho a la idea y supongo que cuatro chiquillos podrán dormir en nuestro suelo. Tú te has hecho a la idea de confiar en mí, ¿no?

–Eso me temo –dijo Dicey.

Eso a él le hizo reir, pero ella no sabía por qué.

–Espera aquí –dijo ella.

Se quedó completamente inmóvil, como para demostrar que haría exactamente lo que ella le dijera, y con una sonrisa bailándole en los labios. No era serio. Se estaba burlando de ella. Dicey, intentando todavía decidirse, le miró a través de la luz lluviosa. Él dejó la boca inmóvil y entonces ella asintió con la cabeza.

–Bueno –dijo ella–. Pero no tenemos nada de dinero.

–Yo sí –dijo él.

Dicey fue a levantar a su familia. Se despertaron fácilmente, incluso Sammy que por regla general dormía profundamente.

Les hizo salir de los arbustos, primero Maybeth, luego James y luego Sammy. Tenían mirada de sorpresa, pero no le hicieron preguntas. De pronto, le dieron mucha pena. Se preguntó si había obrado correctamente cuando empezó todo ese viaje. ¿Estaba haciendo lo correcto ahora?

Con un brazo rodeando los hombros de Maybeth, agarrando fuertemente la mano de Sammy, Dicey condujo a su familia hacia donde les estaba esperando el joven. James venía pisándole los talones, cojeando un poco.

Cuando el joven los vio se le desvaneció la sonrisa de la mirada.

Dicey se preocupó por un momento, pero él se puso en cuclillas, ignorando los charcos, y les miró a todos ellos.

–No tienes que tenernos lástima –dijo Dicey–. Puedes echarte atrás.

–¡Ni hablar! No es eso. Siento curiosidad... una enorme curiosidad... por vosotros. ¿Cómo os llamáis? Yo, Windy... bueno, Windy[1] es como me llaman aquí porque dicen que hablo demasiado. ¿Cómo habéis llegado hasta aquí? ¿Dónde están vuestros padres? ¿Tenéis hambre?

–Sí –dijo Sammy ferozmente.

–¿Cuándo fue la última vez que comisteis?

–Ayer, creo –dijo Dicey.

–Entonces, ¿qué hacemos aquí perdiendo el tiempo? –preguntó el joven.

Se levantó y agarró a James de la mano. James estaba demasiado cansado para protestar del extraordinario gesto.

–Conozco el sitio adecuado –dijo Windy.

Les condujo hacia uno de los lados edificados del parque y entraron en un pequeño bar que tenía un largo mostrador y cuatro compartimentos. El reloj marcaba la 1.30. Windy les condujo hacia un compartimento, luego trajo las listas de platos. Llamó a la camarera antes incluso de que abrieran las listas de platos y encargó un vaso grande de leche para cada uno de ellos. Para él pidió una taza de café.

Dicey apenas podía ver las palabras y los precios. El bar estaba llenos de olor a comida, y a cubierto de la lluvia. El sitio era cálido y alegre. Las palabras de la lista de platos bailaban ante sus ojos. Miró a su salvador.

Él estaba sentado con James al lado. Tenía el pelo oscuro y rizado, un bigote negro y las cejas negras que subían y bajaban o se fruncían como si tuvieran vida propia.

–¿Quién se lo iba a creer? –preguntó él, encontrándose con la mirada de Dicey–. Pregunto yo.

La camarera le dejó el café delante y puso a cada niño un vaso largo de leche.

1. Windy en inglés significa ventoso. (*N. del T.*)

–¿Queréis pajitas?

Dicey negó con la cabeza y asió el vaso. Al principio bebieron a grandes sorbos y luego, cuando sus estómagos recibieron los ansiados primeros tragos, más despacio. Los cuatro vasos estaban vacíos cuando los niños los dejaron sobre la mesa.

–¿Qué os pongo? –preguntó la camarera.

Windy les miró. Se habían olvidado de la lista de platos. Él sonrió.

–Cuatro hamburguesas. No, que sean ocho. Cuatro raciones grandes de patatas fritas. Eso es todo por ahora, pero probablemente tomarán postre. ¿Tenéis alguna tarta de manzana?

–Ajá.

–Ponme un trozo de tarta ahora, por favor –dijo él–. Y reserva cuatro trozos para los chiquillos.

Ella se fue arrastrando los pies, tomando nota en su bloc.

–¿Está bien así? –preguntó Windy a Dicey–. Si no os va bien lo podemos cambiar. No habría ningún problema. Pero pensé que quizá os resultaría difícil decidiros, y el pequeño no parece lo bastante mayor como para que ya sepa leer.

–Yo también sé –dijo Sammy.

–Mis disculpas por haberte ofendido –dijo Windy, y sus cejas se agitaron como si estuvieran riendo.

–Yo quería hamburguesas –dijo Sammy–, a pesar de todo. Y patatas fritas. Eso es lo que yo quería.

–¡Ah! –dijo Windy–. ¿Y cómo te llamas?

Sammy miró a Dicey. Ella asintió.

–Sammy –dijo.

–¿Cuántos años tienes?

–Seis. ¿Cuántos años tienes?

–Veintiuno. Francamente viejo.

Dicey se acordó de sus modales. Era más fácil acordarse de los modales con leche en el estómago y la comida a punto de llegar.

–Yo soy Dicey, ésta es Maybeth y ése es James.

Ella respondió a la pregunta que se leía en su mirada antes de que él la formulara:

–Tengo trece años, Maybeth tiene nueve y James diez.

La observó con sus ojos oscuros.

–Una vez me escapé, cuando tenía la edad de James –dijo él.

Les contó una larga historia de que se escapó una mañana cuando tenía miedo de ir a la escuela porque era bajito y enclenque y alguien le esperaba allí para vapulearle. A mitad de la historia, la comida estaba servida delante de ellos. Dicey paró de escuchar. Windy podía comer y hablar al mismo tiempo. Pero los Tillerman comían en silencio absoluto, a bocados descomunales, saboreando apenas lo que masticaban antes de engullirlo. Todos tomaron tarta de manzana de postre. Durante toda la comida, la voz de Windy sonó sobre ellos, suave y tranquila. No importaba lo que estuviera diciendo.

Windy pagó la cuenta y dejó un dólar en la mesa para la camarera. Dicey, reconfortada por dentro, intentó darle las gracias, pero él le quitó importancia. Les llevó de nuevo al parque, diciendo que desearía poder parar la lluvia porque a él, por ejemplo, ya le tenía harto y sospechaba que a ellos también. Les condujo a través del césped hacia el largo edificio dormitorio. Allí, los vestíbulos eran estrechos y oscuros, como túneles. Subieron cuatro tramos de escalera, con puertas cerradas en los recodos. Por fin, Windy abrió una puerta de par en par y les hizo pasar a una habitación.

Todo estaba desordenado. Ceniceros desbordados por colillas y ceniza de cigarrillos. Un periódico había quedado desparramado por el suelo alrededor de un sillón. Los libros estaban amontonados en los tres escritorios, en la mesa baja de delante del sofá y a lo largo de la repisa de la chimenea. Había latas de cerveza esparcidas alrededor de una papelera que estaba tan llena que parecía que quisiera entrar en erupción como un volcán y vomitar basura por toda la habitación. Era cálido, desordenado y confortable, y lleno de luz amarilla. Fuera, caía lluvia oscura. Pero ellos estaban dentro.

Windy cruzó la puerta y encendió la luz de la habitación contigua. Dicey entrevió literas y estanterias. Regresó cargado de ropa, en su mayor parte camisetas y sudaderas.

–El cuarto de baño está detrás de esa puerta –y señaló la puerta de al lado de la entrada–. Id a quitaros vuestra ropa mojada y poneos ésa. Me imagino que también querréis ir al lavabo.

–Sí quiero –dijo Sammy, tan categóricamente que Dicey sonrió.

–Mientras tanto, iré a ver si hay alguien por aquí.

Cuando hubieron ido al cuarto de baño, se taparon con las camisetas de Windy que, aunque no muy nuevas, eran cálidas y secas. Colgaron su propia ropa en los toalleros para que se secase. Dicey lavó la ropa interior de todos con la pastilla de jabón del lavabo. Regresaron a la sala de estar. Allí les esperaba Windy, y otro joven estaba con él.

–Stewart –dijo Windy–, deja que te presente a mis protegidos.

Se acordaba de todos sus nombres y edades.

–Éste es Stewart, mi compañero de habitación –dijo.

Stewart fumaba en pipa y se los miraba. Era alto, más alto que Windy, y delgado como Windy. Tenía el pelo rubio, tan claro que casi era blanco, cayéndole fino y lacio hasta las orejas. Tenía la mandíbula fuerte, cuadrada, y un bigote tan rubio como el pelo. Sus ojos, cuando miraba a los Tillerman, pudieran haber sido grises o azules. Dicey no podía decidir de qué color eran. Era como si fueran cambiando entre el gris y el azul, pero no estaba segura de que ello fuera posible.

–¿Qué significa eso? –le preguntó a Windy.

–Como te he dicho, me los he encontrado. Primero a Dicey, y luego a los demás. Necesitan un sitio para dormir, y está lloviendo a cántaros, a jarros y a tinajas y Dios sabe a cuántas cosas más... así que me dije, ¿por qué no duermen aquí con nosotros?

Stewart sonrió plácidamente.

–¿Por qué no? Me vendré contigo y ellos pueden quedarse en mi litera.

James le sonrió a Dicey. ¡Camas de verdad!

Stewart les llevó a su habitación. Despejó la cama de arriba de libros y papeles, y James se subió a ella. Sammy y Maybeth se tumbaron en la cama de abajo, con las cabezas en los extremos opuestos. Dicey pensó que, acostados allí, parecían dos muñequitos en una casa de muñecas. James estaba medio dormido antes de que ella apagara la luz y cerrara la puerta tras de sí.

Se figuraba que volvería a esta habitación y dormiría en el suelo, pero Windy le dijo que sería mejor que se quedara en el sofá de la sala de estar. Y le trajo una almohada y una manta de su habitación.

–¿Para qué las quiero? –preguntó Dicey–. Quédatelas. Estaré bien así.

Windy le pasó el bulto de ropa.

–Adelante. Aprovecha. Por una noche, puedo pasar sin.

–*Tú* puedes pasar sin –dijo Stewart–. Mira, lo ha quitado de la cama en la que yo voy a dormir. Y si tú de veras no lo quieres, me alegraría tenerlo yo.

Dicey se lo volvió a pasar.

–Dicey, ¿podemos hablar un poco antes de que te vayas a dormir? –preguntó Windy–. ¿Estás muy cansada?

Dicey se sentía tan cómoda que, con mucho gusto, hubiera estado hablando toda la noche. No quería irse a dormir, porque entonces no podría disfrutar de la comodidad que tenía. Pero no estaba segura de querer contestar preguntas. Tenía la cabeza demasiado espesa como para ser todo lo prudente que debiera.

Se sentaron los tres. Dicey se sentó sola en el sofá y los jóvenes en dos sillones.

Stewart empezó.

–Windy dice que no os habéis perdido.

–No. Sé donde estamos.

–Una fundamentalista –le dijo Windy a Stewart, moviendo las cejas, y le preguntó a Dicey–: ¿Y tu familia? ¿Saben dónde estás?

Dicey negó con la cabeza.

–Pero no importa.

–¿Por qué no? –preguntó Windy.

Dicey no contestó a eso.

–¿Estás en un apuro? –preguntó Windy.

–No creo –dijo Dicey–. Espero que no.

–Vale –dijo Windy. Se inclinó hacia adelante y apoyó la barbilla en las manos. Sus cejas estaban temporalmente inmóviles.

–¿Qué nos *querrás* contar? Si podemos, nos gustaría ayudarte. ¿Me crees?

–Ajá. Os Creo –dijo Dicey, y se quedó pensativa–. Quiero decir, vosotros ya lo habéis hecho, ¿no?

–¿Y tus padres? –le preguntó Stewart mirándola, con la cabeza apoyada en el respaldo del sillón.

No es que no pudiera mentirles. Podía mentirle a cualquiera y que no se notara, si era necesario... eso sí que lo había descubierto. Pero no quería mentirles, ni a él ni a Windy. Decidió que no iba a hacerlo.

–No tenemos padres. Estamos solos –dijo ella.

A Stewart no le cambió la mirada, pero aguardó sin decir nada.

–Espera –dijo Dicey–. Déjame reflexionar un momento.

Él asintió.

–Somos de Provincetown, Massachusetts. En el Cabo.

Él asintió levemente con la cabeza. Ella notó cómo Windy se tragaba una pregunta.

–Mi padre nos dejó cuando yo tenía unos siete años. Justo antes de que Sammy naciera. Estuvimos bien hasta más tarde, que las cosas empezaron a ir mal. Mi madre se quedó sin trabajo. Y otras cosas. Así que nos dijo que íbamos a ir a Bridgeport, donde tiene una tía, y metimos nuestras cosas en el coche.

Stewart le sostuvo la mirada.

–Estábamos en Pisanda y nos dejó esperando en el coche mientras entraba en un gran recinto comercial. Pero no salió, y no pudimos encontrarla. Así que decidí que debíamos continuar hacia Bridgeport y espero que nos irá a buscar allí.

–¿Cuánto tiempo la estuvisteis esperando? –preguntó Stewart.

–Todo un día y una noche –dijo Dicey–. Esperamos en el coche. Ella no regresó. Confío que... no lo sé. Que yo sepa, el único sitio en que podría estar es Bridgeport.

–¿Y si no está allí? –preguntó Windy.

–Está la tal tía Cilla –explicó Dicey.

–¿La conocéis? –preguntó Stewart.

–No. Pero nos envía felicitaciones todas las Navidades.

–¿No le pedisteis ayuda a nadie? –preguntó Stewart–. ¿A la policía?

Dicey negó terminantemente con la cabeza.

–No estoy segura de lo que harían. Podrían enviarnos a un orfanato. O separarnos. Mamá, no sé... no dijo nada, simplemente desapareció... No tengo ni idea de lo que pasó. Ni idea. No podía arriesgarme contándoselo a la policía. Y esa es toda la verdad –dijo Dicey.

–¿Cuánto hace de esto? –preguntó Windy.

–Fue en junio. Hace dos semanas, o quizá tres.

–Y todo ese tiempo ¿habéis estado caminando desde Pisanda?

–Una vez nos quedamos en un parque. Los pequeños no pueden ir muy aprisa.

–¿Es todo lo que nos quieres contar? –preguntó Windy.

–Por favor –respondió Dicey.

Él asintió y sus cejas se arquearon como si le sonriera a ella.

–Entonces, creo que podríamos dormir un rato. ¿Tú qué dices, Stew?

–Estoy cansado sólo de pensar en toda esa caminata –dijo Stewart.

–¿Estás bien aquí, Dicey? –preguntó Windy.

Dicey asintió. Confiaba no haber cometido un error contándoselo a ellos.

Windy apagó las luces y Dicey se tumbó en el sofá. Ni siquiera oyó cómo cerraron la puerta.

Capítulo 8

Dicey abrió los ojos y vio el techo gris de la sala de estar. Empezó a oír los ruidos de la ciudad flotando en el aire cálido que entraba a través de las ventanas abiertas. Se incorporó, alarmada al encontrarse sola. Entonces, lo ocurrido la noche anterior volvió a su mente y se relajó, se tumbó, dio un bote en el sofá y sonrió. Fue hacia la ventana y se asomó.

La lluvia había sido barrida con la oscuridad. En el parque de abajo, todo relucía en la atmósfera de primera hora de la mañana. Fuera, incluso olía a fresco.

Dicey recordó haber visto en el cuarto de baño una cabina de ducha. Fue sin hacer ruido. Recogió la ropa de sus hermanos colgada en el toallero, excepto la suya, y la apiló en el sofá. Luego regresó y abrió el agua caliente, así estaría a punto cuando fuera al cuarto de baño. Cuando estuvo preparada, se sacó la camiseta de Windy y se metió en la cálida agua, corriendo la cortina tras ella. El agua caliente le caía con fuerza sobre la espalda, el pecho, las caderas y los brazos. Fue girando lentamente, con los ojos cerrados, como un juguete mecánico al que se le estuviera acabando la cuerda. Ya se había olvidado de cómo sentaba tomar un baño o una ducha. Era una sensación dulce y cálida, como si alguien te abrazara.

Dicey tomó la pastilla de jabón y se enjabonó, de pies a cabeza, pelo, orejas, dedos de manos y pies, cara y torso. El jabón resbaló al suelo. Salió a recogerlo y el agua tamborileó en su trasero.

Se dio una última vuelta lentamente bajo el agua que se convirtió en cinco últimas vueltas lentas. Entonces cerró los dos grifos y salió.

Mientras se secaba y se vestía, pensó: Puedo hacer todo lo que me proponga. Todo. Todo nos va a salir bien. Todo irá bien.

Se puso un poco de pasta dentífrica en el dedo y se frotó los dientes. Los dientes le raspeaban y la boca le sabía a menta. Se sonrió al espejo y se alisó con los dedos el pelo mojado.

Abrió la puerta de par en par y no sólo vio a sus hermanos y hermana, con sueño aún en sus aturdidos ojos, sino también a Windy con el pelo alborotado y a Stewart. Maybeth se acercó a agarrrarse a la mano de Dicey.

Dicey preguntó a Windy si se podían duchar todos. Abrió el agua para Maybeth y regresó a la sala de estar.

–Bueno. ¿Ahora qué toca? –estaba preguntando Windy.

Stewart se había sentado en el mismo sillón que ocupaba la noche anterior. Miraba a su alrededor pero no dijo nada. Su rostro parecía borroso y confuso, no del todo despierto. Windy se contestó a sí mismo:

–Ahora toca el desayuno. Y luego tenemos que encargarnos de llevar a esos chiquillos hasta Bridgeport.

–¿De verdad? –preguntó Dicey.

–De verdad –dijo Windy–. Stew tiene coche y desde aquí sólo hay... ¿una hora? Lo harás, Stew, ¿no?

Sus ojos azul-gris se clavaron en Dicey.

–Tengo una clase a las once en punto.

–Entonces, después de la clase –dijo Windy.

–Vale. Cuenta con ello. ¿No te importa esperar? –le preguntó Stewart a Dicey.

Dicey negó con la cabeza ante semejante bobada.

–¿Sabes el tiempo que tardaríamos en ir andando hasta allí? Tres días. Quizá cuatro. Sería una tonta si me preocupara esperar un par de horas –dijo ella.

–Y tú no eres tonta –dijo Windy.

Estaba apoyado en la repisa de la chimenea mirándola a ella.

–No –dijo Dicey. Quizá debiera haber sido más educada, pero estaba demasiado contenta como para eso–. Otras cosas, sí. Soy una mandona. Y miento y me peleo, pero no soy una tonta.

Windy parecía divertido. Intercambió una mirada con Stewart.

Los niños entraban y salían del cuarto de baño, dejándo la ropa prestada en el dormitorio. Al fin, todos estaban arreglados.

–¿Me puedes prestar algo suelto, Stewart? –preguntó Windy.

–Tengo veinte pavos –dijo Stewart, y fue hacia su dormitorio.

La sala de estar rebosaba aire cálido y luz de las ventanas. Los Tillerman estaban limpios y frescos, y sin pasar hambre. Se desayunarían. Irían en coche hasta Bridgeport. Casi seguro.

Stewart apareció en el umbral de la puerta. Dicey le miró y le sonrió, pero él no le devolvió la sonrisa. Se quedó allí, de pie, mirando al grupito entre el sofá y la chimenea. Ahora, sus ojos eran grises, de un gris distante y glacial.

–No los encuentro –dijo, mirando a Windy por encima de las cabezas de los chavales.

–¿Estás seguro? –le respondió Windy, arqueando sus oscuras cejas–. ¿No será que no controlas mucho tu dinero?

–Esta vez estoy seguro –dijo Stewart, sin mirar todavía a los chavales–. Ayer, justo cuando cobré el cheque, puse el dinero en la cartera. No he gastado nada. Mi cartera estaba en el cajón de arriba.

A pesar de que fuera un día cálido y de que entrara mucha luz en la habitación, Dicey sintió que se le propagaba un estremecimiento en el estómago y cada vez lo veía todo más negro, como si una gran nube negra tapase el sol. Miró a Sammy.

Sammy negó categóricamente con la cabeza.

James tenía la mirada clavada en el suelo y las manos embutidas en los bolsillos.

–James –dijo Dicey.

–Pregúntale a Sammy –dijo James, con la mirada ofendida.

–Sammy dice que no lo hizo –contestó Dicey, refrenándose.

–Pues yo aún menos –dijo James.

Dicey miró a Stewart que seguía de pie en el umbral de la puerta del cuarto donde habían dormido los chicos aquella noche. Le devolvió la mirada y ella se avergonzó.

–Dámelo, James –dijo con tranquilidad.

James se sacó una mano del bolsillo y la abrió de par en par. Un billete arrugado cayó al suelo.

–Cógelo tú misma.

Dicey estalló.

–Os dije que nosotros no robamos y tú precisamente vas y lo haces. Y además intentas mentirme respecto al tema. Te mataría. ¿Me oyes? Con lo listo que eres, y ni siquiera lo puedes comprender... –estaba tan enfadada que las palabras se le agolpaban en la boca–. ¡Mira lo qué has hecho!

James se puso de pie cabizbajo. La habitación se llenó de silencio.

El billete arrugado se quedó ahí en el suelo. Dicey no podía mirar a los jóvenes a la cara.

–Lo has arruinado todo –dijo ella.

Se acercó a la ventana a grandes zancadas y se asomó, golpeando el alféizar con los puños. Intentaba encontrar algo para decirle a James que lo dejara por los suelos, algo que le tocara y le doliera.

Por fin, habló James.

–A Sammy no le chillaste, no dijiste que desearas que estuviera muerto.

–¡Sammy tiene seis años! –dijo Dicey dándose la vuelta–. Y Sammy no cogió dinero, cogió comida. Y Sammy no se lo quitó a alguien que nos había ayudado. Hasta tú puedes ver la diferencia.

–Él –dijo James manteniendo los ojos fijos en el suelo pero indicando a Stewart con la cabeza– no necesita el dinero tanto como nosotros. Tiene suéters y guitarras.

–¡Y qué! –le atacó Dicey–. Y además, ¿quién eres tú para decirlo? Sólo os pedí que hicierais lo que os digo, sólo eso... y ahora...

Maybeth fue hacia James y levantó la mirada hacia él un momento. Luego le agarró la mano que tenía fuera del bolsillo.

–Eres un ladrón –le espetó Dicey a James, y su mirada avellanada se cruzó con la de ella–. Has robado.

–¡Vaya cosa! –contestó James, profundamente indignado–. Eso no importa.

–Bien –le dijo Dicey, más indignada aún–. Bien, si éste es el camino que quieres seguir. Pero hasta que lleguemos a casa de tía Cilla harás exactamente lo que yo te diga... o te dejaré. ¿Entiendes?

James asintió.

–Y ahora será mejor que nos vayamos.

James asintió.

–James, pide perdón –le ordenó Dicey.

Tenía que obedecerle, así que pidió perdón, mirando hacia la chimenea vacía.

–Lo siento.

–Bueno. Vámonos –dijo Dicey a su familia. Se sentía enferma por dentro.

–¿Por qué? –preguntó Windy inesperadamente. Se agachó y recogió el billete, lo alisó con los dedos y lo alargó a Stewart, que se acercó a cogerlo–. Por lo que a mí respecta, hemos encontrado el dinero de Stew. ¿De acuerdo, Stew?

–No –dijo Stewart–. Pero tú querías que te lo prestase, ¿no?

Y se lo volvió a alargar a Windy.

Dicey deseaba estar lejos, de camino otra vez y solos.

–¿Dicey? –Stewart la llamó por su nombre, y ella le miró– ¿Qué es lo que robó Sammy?

–Unas bolsas de comida en un parque –dijo Dicey–. Dos. Fue distinto. En cierto modo necesitábamos comida. De todas formas él creyó que necesitábamos. No lo entendía. Lo hizo para ayudar. En una bolsa había una cartera, pero la devolvimos. En cierto modo. No sólo por la idea de robar dinero. En realidad, porque no queríamos que viniera la policía. Supongo que James tampoco lo entiende. No es un chico malo.

Stewart la miró y ella le devolvió la mirada. James era su hermano y tendría que defenderle; y quiso defenderle. ¿Cómo podía Stewart conocer a James? No podía, pero ella sí.

–Sí que importa, James –dijo Stewart.

–¿Por qué? Al fin y al cabo nos moriremos todos –dijo James.

–Claro, pero procura estar contento de ti mismo cuando mueras –respondió Stewart–. Ten cuidado de no perjudicar a nadie mientras estés vivo. En especial, ten cuidado de no perjudicarte a ti mismo. ¿Eres un ladrón?

James negó con la cabeza.

–Pero has robado –dijo Stewart–. ¿A quién has perjudicado? Tienes razón con respecto a mí, no soy rico pero puedo ir al banco a sacar otros veinte pavos. Así que no me has perjudicado mucho. Te has perjudicado a ti mismo. Más que a nadie, tu perjudicas.

–Eso no tiene sentido. Nada tiene importancia. No hay nada con lo que se pueda contar... excepto la velocidad de la luz. Y la muerte –dijo James.

–Así que es eso –dijo Stewart, observando el rostro de James–. Bueno, quizá sea verdad, pero no es una verdad lo bastante grande como para que me incluya. Me propongo ser un hombre llegado el caso. No un hombre sencillamente, me propongo ser un hombre bueno.

–¿Por qué? –preguntó James.

–Porque tengo este deber conmigo mismo –dijo Stewart.

–¿Eso es todo?

–No –dijo Stewart, pero no añadió nada más.

–No lo entiendo –dijo James.

Stewart no le contestó.

–¿Puedo aprender a entender?

–Quizá –dijo Stewart.

–Soy listo –dijo James–. ¿Eso ayudará?

–Quizá –dijo Stewart–. Quizá no.

James asintió.

Dicey esperaba que la conversación continuara, pero no continuó, y James se limitó a seguir allí de pie mirando a Stewart como si Stewart fuera una montaña o algo terriblemente grande. Así que ella empezó a moverse hacia la puerta, arrastrando a Sammy con ella.

–¡Para! –dijo Windy–. ¿Dicey? ¿Dónde vas? Tenemos que desayunarnos y luego Stewart os acompañará hasta Bridgeport. Eso es, ¿no, Stew?

Las cejas se le movían al hablar, dando énfasis a sus palabras.

–Por supuesto –contestó Stewart–. Consígueme unos donuts y café, ¿lo harás?

Windy llevó los Tillerman al bar donde habían cenado la noche anterior. Dicey iba detrás, tan callada como Maybeth. Se sentía como si ya no estuviera al mando. Por un lado, alguien le había relevado de dar indicaciones y tomar decisiones. Por el otro, estaba enfadada con este joven por hablar de la vida de ellos, por decirles cuando y donde comer, por dejarla a ella fuera de la conversación con James.

En el bar, que a la luz del día tenía un aspecto dejado, Dicey comió huevos fritos y los otros tortitas rellenas. Ahora tuvo tiempo de saborear la comida. Cuando se hubo terminado el par de huevos, tomó una tostada y la rebañó en la yema que quedaba en el plato.

Nunca había disfrutado tanto una comida. Así se lo dijo a Windy y él le contó que parecía que tuviera ganas de poderse meter en el plato y bañarse en los huevos. Tras una risilla, Dicey dijo que se lo imaginaba. Windy se acabó su propio desayuno y el de Maybeth. Dicey comió una parte de la tortita rellena de Sammy y le dio el resto a James, que nunca llegaba a estar harto. Todos tomaron leche.

Cuando regresaron a la habitación y le hubo dado los donuts y el café a Stewart, Windy se despidió de los Tillerman.

–Tengo laboratorio esta mañana, y probablemente vosotros ya os habréis ido cuando yo vuelva –dijo, estrechándole solemnemente la mano a cada uno de ellos.

Ellos le dieron las gracias, pero él le quitó importancia.

–Cuando queráis –dijo–. Fue divertido.

Les sonrió y arqueó las cejas.

Stewart se zampó los cuatro donuts y, mientras sorbía el café, sacó una guitarra y tocó. Los Tillerman se sentaron sin hacer ruido.

No era una guitarra corriente, aunque lo parecía; tenía caja, mástil y seis cuerdas como las guitarras normales, pero en vez de aguantarla con los brazos, Stewart se la puso plana encima de las rodillas. Con una barrita de metal frotaba las cuerdas en el mástil y punteaba las cuerdas sobre la caja. El sonido que hacía esa extraña guitarra era metálico, rotundo y sugerente. Cuando él alargó la mano hacia la taza de café, Dicey le preguntó qué instrumento era.

–Un *dobro* –respondió. Les explicó cómo estaba hecho y cómo se tocaba. Luego tocó un tema lento y melancólico, concentrándose mucho, mordiéndose los labios, inclinándose sobre el instrumento y moviendo los hombros siguiendo el ritmo.

Maybeth estaba de pie a su lado y miraba.

–Eso es «*Greensleeves*» –dijo ella.

Stewart asintió.

–¿La conoces? ¿Por qué no la cantas?

Maybeth cantó la vieja canción con su voz clara.

–«¡Ay de mí, amor mío! Tú si que me haces daño, abandonándome con descortesía.»

Al concluir, Stewart le sonrió.

–Sí que te la sabes.

–Mamá nos cantaba –dijo Maybeth–. Sabemos muchas canciones.

–¿Qué más sabéis cantar? –preguntó Stewart.

–Toca algo que te guste –le respondió Dicey.

–Yo toco *blues* –dijo Stewart–. ¿Sabéis lo que es?

No lo sabían, así que tocó una canción acerca del hijo de un minero que soñó que su papá moriría si iba a la mina aquel día, pero que a pesar de todo se fue a la mina.

–Es absurda –dijo Maybeth, cuando él hubo acabado.

–Vale. Entoces, ¿qué os parece ésta? –preguntó Stewart–. «A menudo canto para mis amigos» –cantó con una voz tan suave como las nubes y tan clara como debía estar el cielo–. «Cuando vea la forma oscura de la muerte. Cuando llegue al final de mis días, ¿quién cantará para mí?»

Era una canción corta. Maybeth le pidió que la tocara otra vez y la cantaron los dos juntos. Cuando se acabó, él les miró a todos.

–¿Todos sabéis cantar? ¿Así de bien?

Dicey asintió.

Entonces Stewart dejó el *dobro* y dijo que se tenía que ir a clase, pero que, tan pronto como acabara, les acompañaría a Bridgeport. Entró en su habitación y volvió con un estuche de guitarra, del que sacó una guitarra normal.

–Podéis entreteneros con ésta, si queréis –dijo. Incluso una vez se hubo ido la habitación siguió cargada de las armonías y de los cantos.

James cogió el *dobro* y punteó con los dedos.

–¿Dicey? Lo siento. De verdad. Nunca más volveré a hacer algo así.

–Lo sé –dijo Dicey, a quien el enojo ya se le había olvidado por completo–. No quería decir la mayor parte de lo que dije.

–¿Crees que Stewart es más listo que Louis? –preguntó James–. Yo sí.

–¿Cómo he de saberlo? –preguntó Dicey–. Me gusta mucho más. Windy también me gusta. ¿Y a ti, Maybeth?

Maybeth asintió. Estaba mirando un libro de imágenes.

–¿Sammy?

–Sammy miraba por la ventana.

–¿Cuánto rato crees que tardaremos en llegar hasta allí?

–No mucho. Dijeron que una hora.

–¿Cómo es aquello?

–No sé, Sammy. ¿Por qué?

–¿Estará allí mamá?

Dicey miró su cogote redondo, del que el rubio pelo sobresalía en ángulos extravagantes. *No*, le decía el corazón.

–No sé, Sammy –dijo en voz alta.

Él siguió de pie mirando fuera y no respondió.

El coche de Stewart era un Wolkswagen escarabajo negro, viejo y abollado. Los tres pequeños se sentaron en el asiento trasero, bien prietos. James en medio porque así podía ver fuera más fácilmente. Dicey estaba en el asiento de delante.

–Suerte que no tenéis equipaje –dijo Stewart–. No sé dónde lo hubieramos metido.

El día se había ido volviendo caluroso y bochornoso. El olor de la ciudad flotaba pesadamente en el aire. El cochecito hacía mucho ruido, como una máquina de coser gigante.

Se metieron en la autopista y se unieron a los coches que allí iban como rayos. Stewart se quedó en el carril del medio. Les pasaban coches por ambos lados.

–Me dejé el mapa –dijo Dicey.

–Conseguiremos otro –le contestó Stewart, sin sacar la vista de la carretera–. No conozco Bridgeport en absoluto. ¿Y vosotros?

–¿Comó lo vamos a conocer?

Iban con las ventanillas abiertas. El aire les retumbaba en las orejas. Las cosas pasan tan aprisa cuando se va en coche, que apenas se pueden ver antes de que ya hayan pasado. Pero esta zona, todo hormigón y casitas tristes, era del tipo de las que gusta dejar atrás con rapidez.

Dicey se ladeó y dijo gravemente:

–No sé dónde hubiéramos dormido en esta carretera.

–¿Dónde habéis estado durmiendo hasta llegar de New Haven? –dijo Stewart, y echó una ojeada rápida al retrovisor.

–Detrás de unos almacenes. En un parque pequeño. Una vez en un tren de lavado de coches –le contó Dicey.

–Entonces, habríais encontrado sitios por aquí –dijo Stewart.

Pasaron una cabina de peaje donde Stewart pago veinticinco centavos y luego, al poco tiempo, vieron señales que decían: BRIDGEPORT. Stewart seguía por el carril central.

–¿No vamos a salir? –preguntó Dicey.

–Aún no. Tengo hambre, ¿vosotros no?

–Sí –dijo Dicey– pero...

–Pensé que podríamos llegar hasta Fairfield... sólo hay veinte o treinta kilómetros más... y comer en el McDonald de allí. Sé dónde está y me gusta ir a sitios que sé dónde están. También podemos comprar un mapa de Bridgeport, así podemos ver cómo se llega hasta la casa de vuestra tía.

Veinte o treinta kilómetros, dos días andando. Cuatro días ida y vuelta. Dicey se limitó a asentir.

–Si tú quieres –dijo ella.

–Lo que no quiero hacer es conducir en una ciudad extraña sin un mapa –dijo Stewart, observando el tráfico de detrás por el retrovisor y poniendo el intermitente–. Además, Fairfield es bonito.

–¿Vives allí? –preguntó Dicey.

Negó con la cabeza. Salieron de la autopista y se metieron en una carretera de cuatro carriles con edificios bajos alineándose a ambos lados, con semáforos colgantes y blanqueada por el calor.

–Ésta es la ruta 1 –dijo Dicey.

–¿Cómo lo sabes?

–La hemos estado siguiendo la mayor parte del tiempo.

–Es una pena.

Stewart se paró en una gasolinera y volvió con un mapa. Se detuvieron en el próximo McDonald y todos pidieron comida. Él les llevó la gran bandeja hasta una mesa grande de un rincón. Dicey repartió las hamburguesas envueltas y los paquetes de patatas fritas, y puso pajitas en las coca-colas.

Stewart había pedido dos hamburguesas dobles. Se las comió como si estuviera muerto de hambre. Cuando Dicey se lo dijo, él respondió que se sentía como si estuviera muerto de hambre la mayor parte del tiempo.

–Pero se me pasará con la edad –dijo él–. Solía ser peor. Solía comer mucho más... una pizza grande entera... y no quedarse lleno todavía. Ahora, a veces me quedo lleno. Cuando estaba en bachillerato me sentía como si pudiera estar todo el día comiendo sin llegar nunca a llenarme.

James asintió, sin dejar de masticar.

Después de despejar la mesa y tirar los envoltorios de papel, Stewart desplegó el mapa. Dicey le dijo la dirección y él encontró la calle con facilidad. Era una de las muchas callejas que cruzaban el mapa de la ciudad.

–Pero no está cerca del mar –dijo Dicey.

–¿Por qué tendría que estarlo?

–Se llama Ocean Drive. Pensé que estaría cerca del mar. Una casa blanca y grande.

–Algunos bloques de Ocean Drive, de la sección del centro, llegan hasta el corazón de la ciudad. Pero la calle baja hasta una calle principal que acaba en el puerto –indicó Stewart–. Quizá fuera una broma –sugirió.

Dicey estaba irrazonablemente disgustada.

–Una broma.

–Te gusta estar cerca del mar.

–En Provincetown, estábamos justo al lado. Detrás de las dunas, pero muy cerca. Estoy acostumbrada. Ajá, me gusta. No me siento bien a no ser que esté cerca del océano.

–Y sintiendo así, ¿os vais a Bridgeport? Estás en un apuro –dijo Stewart–. Escuchad, ¿tenéis mucha prisa? ¿Queréis ir a la playa un rato antes de ir a casa de vuestra tía?

–Sí –dijeron James y Dicey.

–No –dijo Sammy–. Quiero ver a mamá. En seguida.

–Ni siquiera sabemos si estará allí, Sammy –argumentó James–. Puedes esperarte una hora, ¿no?

–No quiero esperar más –dijo Sammy–. ¿Dicey?

–Sólo una hora, Sammy. Por favor –dijo ella y a él se le puso cara de terco–. Lo he decidido. Una hora. No más.

Una vez dejaron la ruta 1 en Fairfield, todo estaba limpio y bien cuidado. Todas las casas parecían recién pintadas. Todos los céspedes parecían recién cortados. Todos los coches parecían acabados de lavar. Los tiradores de las puertas relucían.

Cruzaron un pueblecito y luego bajaron junto a unas casas grandes dando algunas curvas... y entonces Dicey pudo ver el mar. Al principio sólo podía entreverlo momentáneamente por los espacios entre los grandes árboles que crecían alrededor de las casas; luego pudo ver una playa larga y estrecha enfrente, con marismas al otro lado de la carretera.

Sammy se quería quedar en el coche, pero Dicey insistió en que fuera con ellos al menos al principio.

–Luego, si quieres, puedes regresar y esperarte en el coche –dijo ella–. Es justo, ¿no?

Pasaron una hora en la playa, no más. Sammy se mantenía al tanto de la hora en el reloj de Stewart. Se metieron en el agua. Hicieron pozos. Los niños iban arriba y abajo, mientras Stewart y Dicey miraban sentados las pequeñas olas que lamían la arena lisa. Dicey tenía la mirada fija sobre el agua tranquila y azul, sabiendo que, si bien la superficie estaba calmada, las corrientes fuertes se movían por debajo. Escuchaba las olas onduladas mezcladas con las voces de la gente en la playa. No hablaron mucho. Stewart no parecía una persona habladora, y a Dicey no le importó.

–¿Qué haréis si las cosas no resultan en casa de vuestra tía? –fue lo único que le preguntó.

Parecía haberle leído el pensamiento a Dicey. Ella se volvió con rapidez para verle la cara, pero él seguía mirando el mar, con sus ojos azul-gris centelleando por los reflejos del agua.

–No pienso que mamá esté allí, ¿sabes? –dijo ella, y él asintió–. Tía Cilla ya debe ser bastante vieja. En realidad es tía de mamá, no nuestra. Así que quizá no quiera un montón de críos ¿Es eso lo que quieres decir? –Él asintió–. No sé lo que haré. O si ni siquiera está allí. Supongo que entonces tendré que ir a la policía, ¿no? O acudir a alguien. Buscar ayuda. –Él asintió–. ¿Tú qué crees que debería hacer si...?

Volvió la vista hacia ella.

–Francamente, no lo sé. Lo principal es que os mantengáis juntos, todos vosotros. Eso es lo más importante.

Dicey estaba de acuerdo.

–Tú y Windy... habéis sido una gran ayuda para nosotros.

–No tiene importancia –dijo Stewart.

–Sobre todo Windy –insistió Dicey.

–Windy tuvo un buen momento. Le habéis alegrado la vida.

–Y sobre todo tú, también.

–Yo no he hecho nada. Cantaros un par de canciones y conseguiros unas tristes hamburguesas.

–Y llevarnos a la playa, no lo olvides.

Encontraron el 1724 de Ocean Drive sin ningún problema. Era una de las casas de una larga hilera que se extendían en calles sin árboles. Era una casa pequeña, rebozada con guijarros sobre cemento gris. Tres peldaños de hormigón conducían a un puerta de entrada vulgar. A un lado de la puerta, dos ventanas daban a la calle. Había visillos en las ventanas y no se podía ver dentro. La casa parecía austera y vacía. Dicey la observó sentada en el coche antes de salir. ¿Iba a ser eso su hogar?

Bajaron del coche y dijeron adiós a Stewart. Él dejó el motor en marcha mientras salía del coche para estrecharles la mano a todos, James el último, y desearles buena suerte.

Luego se fue, calle abajo, alejándose con el afanoso claquetear del cochecito negro. Dicey le dijo adiós con la mano, pera él no debió verla porque no le devolvió el gesto. Se giró hacia la puerta cerrada. Estaba nerviosa, pero de distinta forma a como lo había estado otras veces. Miró a James, Maybeth y Sammy, en silenciosa fila, y trató de sonreírles. Entonces subió los peldaños, esperando parecer más segura de sí misma de lo que se sentía. Por lo menos, todos iban limpios. Dicey llamó a la puerta.

Capítulo 9

Nadie acudió a la llamada de Dicey. Dentro pudo oír los ecos de sus llamadas, de modo que se dio cuenta de que habría oído pasos si alguien estuviera apresurándose para acudir a la puerta.

Llamó de nuevo, más fuerte. Mientras se esperaba para asegurarse de que no había nadie en la casa, observó la pintura marrón de la puerta. Era una capa gruesa de color marrón rojizo y en los entrepaños grabados se notaban los brochazos.

No había nadie. Dicey tragó saliva tanto de alivio como de contrariedad, y se volvió hacia su familia.

–Creo que esperaremos –dijo.

Se sentó en el primer escalón. Los demás se sentaron detrás y al lado de ella.

No tenían nada más que lo que llevaban puesto. Incluso el mapa de Dicey, roto y empapado por la lluvia, se había perdido. Y Stewart se había llevado el suyo.

–Pensaba que tía Cilla era rica –dijo James–. Esa no es la casa de una persona rica.

–Debí de estar equivocada –dijo Dicey.

–Mamá decía que lo era –insistió James.

–Entonces, mamá estaba equivocada.

–¿Crees que mamá está aquí? –preguntó Sammy–. Si ésta es la casa, ¿por qué no está?

—No sé —dijo Dicey—. Es jueves, día de trabajo, ¿no? Así que, si ha conseguido un trabajo, allí estará, ¿no?

—¿Y tía Cilla? ¿Es demasiado vieja para trabajar? —preguntó James.

—No sé nada de ella excepto lo que escribía en sus cartas... y no era verdad.

—¿Por qué mentiría? —preguntó James.

—No sé —dijo Dicey.

—¿Dicey?

—Sí, Maybeth.

—¿Por qué se fue mamá?

Dicey miró la cara redonda y preocupada de Maybeth. Miró la calle silenciosa, sin coches aparcados, cuyas casas eran todas iguales y tenían el mismo aspecto de cerradas y vacías.

—No lo sé, Maybeth, pero te puedo decir lo que creo.

Maybeth aguardaba.

—Creo que llegó a estar tan preocupada acerca de tantas cosas, el dinero y nosotros, lo qué podía hacer para ocuparse de nosotros, el no ser capaz de hacer nada para mejorar las cosas... Creo que todo eso le resultó una montaña enorme, de modo que abandonó. Se sentía tan triste y apenada entonces, y perdida... ¿os acordáis de cuando se iba y no regresaba en varias horas? Creo que aquellas veces se perdía fuera, de igual forma que se había perdido por dentro.

—Amnesia —sugirió James.

—Quizá. Así que decidió pedirle ayuda a tía Cilla porque ella ya no nos podía ayudar. Y quizá... cuando se fue hacia el recinto comercial, quizá se había quedado sin dinero y no podía llevarnos más lejos, y todas las cosas que se habían acumulado en su cabeza, de alguna manera estallaron ahí. Y se olvidó de nosotros. Como la amnesia, que uno se olvida de todo, incluso de quién es. Ya no podía ponerse a pensar ni preocuparse. Todo lo que pensaba, todos los sitios a los que iba, todo le parecía tan triste y desesperado y ella no podía hacer nada... así que todo ello estalló y dejó su cerebro vacío.

Vacío. Así es como a mamá se la había visto aquellos últimos meses. Como si estuviera muy lejos de ellos.

—¿Estará mejor ya? —preguntó Sammy—. ¿Creéis?

–Quizá ni siquiera esté aquí –dijo James.
–Tiene que estar –dijo Sammy.
–¿Por qué? –preguntó James.
Dicey pensó en interrumpir la conversación, pero no lo hizo.
–Porque sí –dijo Sammy.
–Porque sí no es una razón –dijo James.
–Porque, si no está aquí, no sé dónde está. Y ella no sabe dónde estoy yo. ¿Y cómo me va a encontrar?
–Quizá no quiera encontrarte, ni a ti ni a ninguno de nosotros –dijo James–. Eso es lo que ha dicho Dicey, que tuvo que conseguir alejarse de nosotros.
–Mamá me quiere –dijo Sammy, y se enfurruñó.
–Sí que te quiere –dijo Dicey–. Y yo también.
Por eso lo hizo, porque les quería a todos ellos. Y ese sentimiento, de alguna manera, se había ido apoderando de ellos durante el viaje.
–¿Ves? –le dijo Sammy a James–. Te lo he dicho.
–Pero eso no prueba nada –protestó James.
Sammy no le prestó la menor atención.
El sol se movía lentamente a través del blanco cielo. Al final de la larga tarde de verano, o al inicio del largo atardecer de verano, la calle se fue llenando gradualmente de tráfico y la acera llegó a estar atestada de gente. En la esquina paraban autobuses, uno tras otro, y una pequeña procesión de hombres y mujeres se apeaban. Algunos llevaban cartera, otros bolsas de la compra. Seguían andando, calle arriba o calle abajo. Algunos enfocaban las escaleras de las casas grises, sacaban las llaves, abrían la puerta y entraban. Otros seguían andando, doblaban la esquina, y les perdían de vista. En estas calles no vivían niños.
Los Tillerman miraban en silencio a la gente moviéndose de aquí para allá delante de ellos. Nadie les prestó atención. La mayor parte de hombres y mujeres caminaban con la mirada en el suelo o en blanco, fija al frente. Sammy se acercó más a Dicey y le agarró el antebrazo con su tensa manita. Él no decía ni palabra, pero echaba ojeadas a todos lados. Estaba buscando a mamá.
Dicey se limitaba a mirar a la gente, sin ninguna idea determi-

nada en la mente. No podía hacer nada más. A partir de ahora, dejaría que las cosas siguieran su curso.

Vio hombres en camisa de trabajo con los hombros cansados, que llevaban fiambreras negras y ordinarias de comida. Vio mujeres con ropa clara y floreada de verano, con la ropa marchita por el calor como si las flores fueran de verdad, con el rostro hundido tras el día de trabajo.

Una mujer baja y redonda, con zapatos de tacón alto, se dirigía hacia los escalones donde ellos estaban sentados. Incluso les miró y pareció sorprendida, pero pasó de largo. Un hombre con un traje verde caqui, que llevaba una cartera desgastada, se les quedó mirando fijamente un momento antes de entrar en la casa contigua.

Pocos minutos después, una mujer de la misma edad que el hombre, de unos cincuenta años supuso Dicey, subió penosamente los escalones de la puerta de la casa de al lado, cargada con dos enormes bolsas de comida. Se percató de los Tillerman en el preciso momento de ir a cerrar la puerta tras sí y los ojos se le abrieron de sorpresa.

La mujer pequeña y redonda con tacones altos pasó de nuevo, en sentido contrario y por la acera de enfrente. Se les quedó mirando. Llevaba un vestido negro sencillo de algodón y tenía el pelo gris y corto, con una permanente cuyos rizos, como salchichas, botaban y vibraban sobre su cabeza redonda. Caminaba como si le dolieran los pies, como si durante todo el día hubiera estado de pie y andando con tacones altos. Dicey se preguntó a dónde iría.

La gente que iba a casa desde el trabajo había atestado la calle durante un rato; ahora iban disminuyendo, desapareciendo silenciosamente en sus casas, fuera de la vista. Los únicos sonidos eran los débiles ruidos del tráfico lejano o el zumbido de los aparatos de aire acondicionado de toda la manzana. Un hombre solitario con pantalones cortos y playeras paseaba el perro por la acera de enfrente.

La redonda mujer venía de nuevo hacia ellos. Esta vez, como la primera, iba por la acera que estaban ellos y miraba al suelo. Se agarró el bolso con las dos manos, apretándoselo de forma protectora contra el costado. Dicey pensó que debía ser vieja.

Se detuvo a un metro de ellos y les miró. Al principio, sólo Dicey le devolvió la mirada, a los ojos azul claro que parpadeaban tras unas gafas con montura de plástico posadas en lo alto de su nariz. Después de todo, vista de cerca no era tan vieja.

–¿Qué queréis? –preguntó la mujer–. ¿Qué hacéis aquí? ¿Qué queréis de aquí?

Su voz sonaba aguda y un poco asustada. Frunció los labios.

Dicey se levantó.

–Somos los Tillerman –dijo, y los nombró a todos.

La expresión de la mujer no cambió.

En ese momento, Dicey supo que mamá no estaba allí.

Dicey continuó hablando.

–Espero que usted sea nuestra tía, nuestra tía abuela, la señora Cilla Logan.

Entonces, la mujer cambió de expresión. Una ligera media sonrisa, una sonrisa boba de desvalida, agitó ligeramente su boca.

–Ésa es mi madre –dijo–. No yo. Yo soy su hija. Es decir, era su hija –dijo. Revolvió en el bolso y sacó las llaves–. Mi madre falleció este marzo pasado.

Dicey sintió en el estómago que todo se había acabado.

–Pero entrad, por favor. No hay necesidad de estar hablando de pie en la escalera.

La mujer abrió la puerta y entró. Los Tillerman la siguieron. Después de la luz del atardecer de verano, dentro estaba oscuro y mal ventilado. Entraron a un vestíbulo angosto que conducía a la parte trasera de la casa, pasaron una habitación con visillos, pasaron una escalera estrecha que subía arriba y entraron en una cocina.

La cocina era lo bastante amplia para estar los cinco, pero no era grande. La luz natural la hacía más clara que el resto de la casa. Estaba limpia y resplandeciente. El suelo de linóleo gris relucía, la nevera resplandecía, las ventanas, miradas a menos de un metro, brillaban. Había una mesa de formica en el centro de la habitación, y la mujer dijo a los Tillerman que se sentaran en las cuatro sillas de alrededor de ésta. Abrió las ventanas y la puerta de atrás, y luego se trajo una silla de la habitación de delante y la colocó al lado de Maybeth. Antes de sentarse, puso agua en una tetera, puso la tetera sobre el fogón y sacó una taza del armario. Mientras hacía todo eso, les iba hablando a intervalos.

–Sí, mi madre falleció. No podíais saberlo. Fue el corazón. Siempre tuvo el corazón delicado, pero nunca lo supimos. No solía quejarse, mira. Sólo tenía setenta y dos años. Una persona maravillosa... todos dicen lo estupenda que era. Fue una conmoción terrible para mí. La encontré al regresar del trabajo, sentada en su silla al lado de la ventana. Fue un miércoles. Se celebró una misa mayor para ella. –La tetera silbaba, ella suspiró y se echó agua en la taza. Remojó una bolsita de té, arriba y abajo, arriba y abajo–. Desde que mi madre se fue... no soy del todo la misma. La gente me lo ha dicho. Ha sido duro para mí.

Se volvió hacia ellos y Dicey vio que pequeñas lágrimas le empañaban sus pequeños ojos. Se sacó las gafas y les dio brillo con papel de cocina.

Los Tillerman estaban sentados en silencio, con las bocas firmemente cerradas, sin saber qué decir. La mujer se sentó a la mesa con ellos. Sorbió el té. James miró a Dicey levantando y bajando las cejas, como hacía Windy. Dicey se contuvo la risa.

–Y además, desde luego, ver cuatro niños en las escaleras de la puerta. Bien, no tenía ni la menor idea. No os importa, ¿verdad? No estaréis ofendidos, ¿eh? Tuve miedo. Hoy en día se oye que pasan tantas cosas raras. Sobre todo a las mujeres que viven solas. Ahora vivo sola. Espero que os marcharéis. Si mi madre estuviera aquí, desde luego... –Su voz perdió energía, su mirada se alejó de ellos y fue hacia la ventana.

Nadie dijo nada.

Por fin, la mujer se recobró con una especie de estremecimiento de todo el cuerpo.

–Pero, ¿en qué estaré pensando? ¿Tenéis sed? No sé qué bebida tengo para niños. Viviendo sola, no guardo mucha comida en casa.

–Por favor –dijo Maybeth–. Quisiera un vaso de agua.

La mujer la miró. Sonrió a Maybeth y dijo:

–Desde luego, todos queréis beber agua, ¿no? Qué niña tan preciosa eres. De veras, como un ángel. Yo también fui una niña preciosa. Todos lo decían... y tenemos fotos.

Les dio a cada uno un vasito lleno de agua. Bebieron aprisa y luego Dicey los volvió a llenar una, otra y otra vez. La mujer sonreía distraída.

–¿Qué hacéis aquí? –preguntó la mujer, como si la pregunta se le acabara de ocurrir–. ¿Dónde están vuestros padres? ¿Quién decís que sois?

–Somos los Tillerman –dijo Dicey de nuevo, y le comunicó otra vez los nombres de todos–. James, Maybeth, Sammy y yo soy Dicey.

La mujer repitió para sí en voz baja sus nombres.

–El nombre de soltera de mi madre era Hackett –dijo.

–Nuestra madre –empezó Dicey, y miró a Sammy severamente por si se le ocurría interrumpirla– es sobrina de su madre. Acostumbrábamos a recibir una felicitación y una carta de su madre todas la Navidades, y mamá nos la leía. Así es como supimos de tía Cilla, y su dirección. Pero ni siquiera sé cómo se llama usted.

–Eunice Logan –dijo la mujer–. Señorita Eunice Logan. Eso hace que seamos primos, ¿sabéis?

–¿Sí?

–Sí, porque vuestra abuela era la hermana de mi madre. Eso significa que vuestra madre y yo somos primas hermanas. ¿No somos primos segundos, pues?

–No lo sé –dijo Dicey.

–Vuestra abuela debía ser Abigail Tillerman. Era Abigail Hackett antes de casarse. Priscilla Hackett era mi madre, ¿veis?, antes de casarse.

–¿Tenemos una abuela? –preguntó Dicey.

–Naturalmente. Todo el mundo tiene. Pero, ¿dónde están vuestros padres? ¿Están en Bridgeport de visita?

Dicey se sintió dispuesta a mentir de nuevo. Podía decir que ellos estaban de visita y los niños habían venido a ver a tía Cilla, y que más tarde los Tillerman se irían y... ¿y qué harían? Si mentía, se metería ella misma en una ratonera. Habían hecho un camino tan largo. Tenían que conseguir ayuda de esta prima de la que ni siquiera había oído hablar antes. (Eso también era extraño, que tía Cilla nunca hubiera mencionado a su hija.) Si prima Eunice no les ayudaba, tendrían que ir a la policía. Dicey tenía que contar la verdad.

Pero primero tenía que decírselo a Sammy. Lo dijo en voz alta.

–Mamá no está aquí, Sammy –dijo Dicey.

Él asintió y las lágrimas brotaron de sus ojos. Dicey alargó la mano y la puso sobre la cabeza de él. Él apoyó la frente en las manos de ella y cerró los ojos.

–¿No sabéis dónde está vuestra madre?

–No –dijo Dicey–. Creo que huyó. De todas formas, ha desaparecido. Estábamos de camino hacia aquí para encontrar a tía Cilla, así que continuamos adelante. Esperábamos que estaría aquí.

–¿Dónde está vuestro padre?

–Se fue hace años –dijo James con su voz aguda.

–¿Estáis solos? –preguntó prima Eunice, y ellos asintieron–. ¡Ay, cielos! ¡Ay, ay! Pobres angelitos. No sé qué hacer. Tengo que pedir consejo. ¿Me disculparéis que haga una llamada por teléfono? ¿Estáis completamente solos? No sé qué es lo que hay que hacer.

Salió corriendo de la habitación, cerrando de un empujón la puerta tras ella. Sammy levantó la cabeza y Dicey retiró la mano, un poco mojada ahora.

–No lo entiendo –dijo Sammy.

–Ni yo tampoco –contestó Dicey–. Nunca había oído hablar de nosotros, ¿sabéis? Y nosotros nunca oímos hablar de ella. Pero mamá contestaba aquellas cartas, cada año.

–¿Qué debiéramos hacer? –preguntó James.

–Decir la verdad y ver lo que pasa –dijo Dicey–. No podemos hacer otra cosa, ¿no, James?

–Podemos largarnos y cuidarnos nosotros mismos hasta...

–¿Hasta qué? –preguntó Dicey.

–¿Hasta que seamos mayores?

–Podemos –estuvo de acuerdo Dicey–. Siempre podríamos hacer eso y contar con una salida, supongo. Pero por ahora creo que no debemos, a menos que tengamos que hacerlo. No tenemos ni idea de dónde está mamá, y quiero averiguarlo. Quizá prima Eunice cuidará de nosotros... puedo trabajar después y devolvérselo. Eso es lo que espero que pase. Precisamente así estamos juntos.

–¿Mamá se ha ido para siempre? –preguntó Maybeth.

–No lo sé –dijo Dicey–. Bien puede ser.

–¡No digas eso! –lloró Sammy–. ¡No lo digas nunca más!
Prima Eunice regresó.
–Mi amigo... en realidad es un asesor, es mi consejero espiritual... llegará después de la cena. Tenemos que conseguir algo más de comida... Sólo tengo dos cenas en el congelador. ¿Dicey? ¿Puedes ir a la tienda y traer tres cenas preparadas de TV? No sé de qué tipo preferís, niños. ¿Está bien así?
–Naturalmente –dijo Dicey, y ruborizándose añadió–: No tenemos nada de dinero.
–¿Nada?
–Nada. Lo siento.
–No lo sientas... Me dais tanta lástima... No entiendo lo que ha pasado...
–Ni nosotros tampoco –respondió Dicey.
–¿Cómo podríais entenderlo? Sólo sois unos niños –dijo, alcanzó el bolso y sacó diez dólares–. Esto será suficiente. Debéis querer leche, los niños tienen que tomar leche. ¿Y fruta? ¿Podéis decidir lo que necesitáis? ¿Esto será suficiente?
Dicey asintió.
–La tienda está a dos manzanas de aquí, justo pasada la esquina. Vas calle arriba, giras a la derecha, y ahí la verás. Pero no hables con desconocidos.
Dicey asintió, bajando la cabeza para disimular la sonrisa.
–Y debierais llamarme «Eunice», prima Eunice, porque somos primos. ¿Y podrías escoger un pastel de los alimentos congelados? Algo ligero, de limón quizá; algo que siente bien con el té.
Dicey caminaba hacia la tienda, sin pensar en nada en particular, simplemente tomándoselo con calma. Tenía una especie de pozo de tristeza en el corazón, pensó, y se preguntó por qué debería ser así. No sólo por mamá, porque no esperaba encontrarla allí. Y se dio cuenta de que jamás esperó ver a mamá de nuevo. La tristeza era por ellos mismos, aun estando mucho mejor ahora de lo que habían estado, digamos, precisamente la noche anterior a esta hora. Dicey escogió tres cenas preparadas de pollo y fue hacia el mostrador de la fruta.
Una vez más, todo les había cambiado. Tal vez era todo ese cambio

lo que la ponía triste. O tal vez la decepción, tras finalmente llegar a casa de tía Cilla, y allí encontrar sólo a Eunice, de la cual nunca habían oído hablar. Una desconocida. Que sentía compasión por ellos.

Probablemente, nunca más podrían volver a New Haven. Ojalá hubieran pasado allí más tiempo. Ojalá supiera algo más de aquellos dos jóvenes. Ni siquiera sabía sus apellidos. Ni sus teléfonos. Ni sus direcciones. Stewart ni siquiera se había esperado para saber si los Tillerman estarían bien. Los Tillerman sólo habían pasado flotando por su vida, entrar y salir, y partieron sin pensárselo más.

Dicey pagó las compras y regresó despacio hacia la casita gris. Quizá sólo era que estaba lejos del océano, del agua salada con sus mareas y turbulencias, lo que la ponía triste.

El padre Joseph, el amigo de prima Eunice, era un cura, un hombre esbelto e inquieto con el pelo gris y tupido, y arrugas profundas en la frente. Tenía los ojos marrón claro, la mirada fría y pensativa, el porte profundo y los labios delgados. Vestía lustrosos pantalones y americana negros, una pechera negra y la banda de color blanco, dura y almidonada, alrededor del cuello. Prima Eunice lo presentó y andaba revoloteando nerviosamente a su alrededor con los zapatos de tacón alto, trayéndole una taza de té y ofreciéndole una bandeja con una jarrita de leche de porcelana china y un cuenquecillo también de porcelana china, repleto de terrones de azúcar.

El padre Joseph no mostró compasión por los Tillerman como había hecho Eunice. Estaban sentados juntos en la sala de estar, en las sillas y en el suelo. Les hizo preguntas sobre su casa en Provincetown y la escuela, sobre mamá, sobre vivir en un punto de veraneo, sobre la flota pesquera y sobre libros. Poco tiempo después, sugirió que los pequeños se fueran a la cama, mientras él, prima Eunice y Dicey hacían algunos planes.

–Pero no tienen pijamas –dijo prima Eunice.

–Podemos dormir en ropa interior –dijo Dicey–. Lo lavamos todo la noche antes.

–¿Lo hicisteis? –comentó el cura–. Ciertamente parece que os las habéis arreglado muy bien.

Dicey llevó a los pequeños arriba. James protestó, pero ella le dijo:

–Somos huéspedes. Aquí somos forasteros. Ella ni siquiera sabía que existíamos, y está intentando ayudarnos. Hagamos exactamente lo que se nos ha dicho, ¿vale?

James y Sammy fueron a dormir a un pequeño dormitorio trasero que daba sobre el patio, en una cama de matrimonio. Maybeth dormiría en la otra cama gemela de la habitación de prima Eunice. Maybeth parecía menuda acostada allí, con los rizos esparcidos por detrás sobre la almohada, con las manos cruzadas encima de las sábanas limpias.

–¿Estás bien, Maybeth? –preguntó Dicey.

La niñita asintió.

–Creo que me gusta más cuando dormimos todos en el mismo sitio –dijo Dicey, sonriéndole–. Como aquella primera noche.

Maybeth asintió.

–Me figuro que estaré durmiendo con James y Sammy, en el suelo, o abajo en el sofá –dijo Dicey–. Por si me necesitas.

–Vale, Dicey –dijo Maybeth–. No quiero estar sola.

–¿Sola? ¿Apretados aquí, en esta casa tan pequeña? Si te oiré sólo que te des la vuelta. Te oiré sólo que estornudes... y vendré corriendo.

Maybeth sonrió a Dicey y cerró sus ojos avellanados.

Dicey volvió al piso de abajo, donde le aguardaban los adultos en la sala de estar, la cual estaba atestada con toda clase de cosas acumuladas durante años: cuadros, estatuillas de porcelana china y cojines rellenos con agujas de pino.

El padre Joseph le dio la bienvenida.

–Siéntate Dicey, ahora tenemos asuntos de que tratar. Dicey es un nombre raro. ¿Cuál es tu nombre de verdad?

Dicey se sentó en el suelo con las piernas cruzadas, entre los dos en sus sillas, levantando la mirada hacia ellos.

–Dicey es mi nombre –dijo ella–. No tengo otro.

–Sólo que no lo sabes –le aseguró el cura.

Dicey no discutió. Después de todo, quizá tuviera razón.

Él la observaba, como si quisiera leerle los pensamientos. La hacía sentir incómoda.

–Tu prima está de acuerdo en acogeros aquí hasta que podamos hacer averiguaciones sobre tu madre, y tu padre.

Dicey miró a prima Eunice, la cual le dirigió una sonrisa estúpida y dijo:

–Sólo puede ser provisionalmente, lo siento, pero...

–Tu prima tiene... ciertos planes, de los cuales quizá os hable más adelante –dijo el padre Joseph. Sonrió a prima Eunice por encima de la cabeza de Dicey, y ella se sonrojó como una niña pequeña–. De cualquier modo, la Iglesia hace actividades de verano en las que tus hermanos pequeños pueden participar. Colonias de día para el niño pequeño y la chica. James podrá asistir a la escuela de las colonias. ¿Tendrá él algún inconveniente?

–Le gusta la escuela –dijo Dicey–. Es listísimo.

–Eso me pareció –dijo el padre Joseph–. Soy uno de los profesores de allí, así que puedo procurar que entre en la clase apropiada. Y desde luego habrá más actividades por la tarde.

–Me gusta la idea –dijo Dicey–. Gracias. Gracias a los dos. Sé que sólo somos una especie de carga para usted –dijo a prima Eunice–. Lo siento.

–¡Oh, no lo sientas! –dijo prima Eunice, inclinándose hacia adelante y empujándose las gafas nariz arriba–. Somos familia, ¿no? Y cuando pienso en vosotros, completamente solos... abandonados... en realidad como yo, en cierto modo. ¿Por qué no podría hacer otra cosa, eh? Sólo que trabajo, mira, así que tengo que estar fuera todo el día, y habrá tantísimo quehacer con cuatro niños en casa. Limpiar y comprar, la colada.

–Pero puedo hacerlo yo, ¿no? –le preguntó Dicey.

–Eso es lo que esperábamos –dijo el padre Joseph–. Y la Iglesia, Eunice, te puede dar ropa, así como todo el apoyo que podamos ofrecerte, y consejo. ¿No tienen otros parientes los niños?

–Ninguno, que yo sepa –dijo Dicey. Sabía que había interrumpido, pero no le gustaba que él hablara de ellos como si ella no estuviera presente.

–Mi madre sólo tenía una hermana –dijo prima Eunice–. Abigail. Debe ser su abuela. Pero casi no sé nada de ella. Era mucho más joven que mi madre, doce años, y además nunca estuvieron unidas. No la he conocido nunca. Debían estar reñidas. Cuando mi madre falleció, le escribí, pero no recibí respuesta.

–¿Te devolvieron la carta?
–No.
–Así pues, alguien debió recibirla.
Dicey prestaba mucha atención.
Prima Eunice agitó sus pequeñas manos.
–Vamos a ver. Abigail se casó con un hombre llamado John Tillerman.
–¿Dónde vive? –preguntó el padre Joseph.
–En Maryland, sur abajo, en la Costa Este. En una ciudad llamada Crisfield. No sé nada de allí. Era donde vivía mi madre de niña.
El padre Joseph asintió.
–Este John Tillerman cultivaba la tierra, creo recordar –dijo prima Eunice frunciendo las cejas por el esfuerzo–. Tuvieron niños. –Dicey asintió con la cabeza–. No sé cuántos pero una hija debe ser la madre de Dicey. No sé dónde están ahora.
Crisfield, Costa Este, Maryland, se dijo Dicey para sí misma, para grabárselo en la memoria.
–Por aquellas fechas, mi madre ya hacía años que estaba en el norte y que se había casado con mi padre, y vivían aquí. A mi madre no le gustaba su hermana. No le gustaba que le hicieran recordar su familia. No sé... no quería hablar de ellos. Se había convertido en parte de la familia de mi padre. Estos son los primeros parientes Hackett que conozco. Intentaré recordar más, padre Joseph. Tenemos álbumes de fotos.
–Eso sería muy útil. Yo mismo miraré qué puedo averiguar acerca de la familia Tillerman. A veces la Iglesia puede conseguir informes personales delicados, cuando las autoridades de policía no pueden –y volviéndose hacia Dicey, añadió–: ¿Cuál es tu religión?
–No lo sé –dijo Dicey–. Nunca íbamos a misa.
Él frunció el entrecejo ligeramente.
–Hay otro asunto que siento tener que preguntar. El tema del apellido. Tillerman. Eso sería el apellido de vuestra madre. ¿No estaban casados vuestros padres?
Dicey negó con la cabeza.
–Creo que no –dijo.
Prima Eunice aspiró sonoramente. Dicey no la miró. Se ató los

cordones de las playeras, como si se acabara de dar cuenta de que se le habían desatado.

–¿Todos vosotros, teníais el mismo padre? ¿Sabrías decírmelo?

–Sí –dijo Dicey. Levantó la cabeza de golpe y su mirada se encontró con la de él. Su indignación a él no pareció sorprenderle–. Sammy y Maybeth se parecen a mamá, pero James y yo nos parecemos a nuestro padre. Me acuerdo de él, un poco. Porque soy la mayor.

–Sí, sí –dijo el cura, sonriendo un poco–. Estoy seguro de que tienes razón.

Pero no parecía muy seguro.

–No, no lo está –dijo Dicey–, pero yo sí. Y lo sé. ¿No están allí los certificados de nacimiento? Allí tienen que estar, ¿no? Todos hemos nacido en Provincetown... ¿Por qué no llama al hospital de allí? Ellos se lo dirán. Mamá no era una... –no podía encontrar la palabra de buen tono–. Ella no tenía novios, ni siquiera tenía citas. Es amable. Es buena. Nos quiere... y usted probablemente tampoco se lo crea, pero nos quiere. Nosotros lo sabemos y usted no.

Él cruzó las manos. Una sonrisa elevó las comisuras de sus labios. Prima Eunice se agitaba haciendo pequeñas objeciones a Dicey para decirle que no debía hablar de aquella manera a un cura.

–No, no, Eunice. La niña probablemente tenga razón. Ella lo *sabrá* mejor que nosotros.

–Entonces, ¿por qué les abandonó? –preguntó Eunice–. ¡Oh, lo siento! No quería decir eso –se disculpó a Dicey.

Dicey no respondió.

–Eso es lo que intentaremos averiguar –dijo el padre Joseph–. Pienso que, si puedes, Dicey, me gustaría que hablaras con el Departamento de Personas Desaparecidas.

–¿La policía? –pregunto Dicey.

–La policía.

Dicey reflexionó. No quería hablar con la policía. ¿Pero de qué otra forma podían descubrir dónde fue mamá? ¿Y qué, si algo malo le había ocurrido a mamá y la policía podía ayudarla? ¿Y si por no hablar con ellos, Dicey la podía perjudicar? Repentinamente le vino a la memoria la cara redonda y triste de mamá y su triste y lunática sonrisa en la ventanilla del coche; y luego mamá corriendo a consolar a Sammy cuando éste se había caído de una silla y estaba asustado, sentándose al chiquillo en las rodillas, arrebujándole en sus brazos y diciéndole cosas consoladoras al oído. Las dos cabezas rubias y redondas, inclinadas una hacia la otra, y las manos fuertes de mamá acariciándole la nuca a Sammy.

–Vale –dijo Dicey–. No nos pueden poner en un orfanato mientras estemos aquí con prima Eunice, ¿no? No somos fugitivos, ¿verdad? No quiero que nos separen –le explicó al cura.

–Ni nosotros tampoco, si puede remediarse –contestó él–. Me pondré en contacto con la policía y alguien vendrá aquí a verte. ¿Vengo con él?

–Vale –dijo Dicey de nuevo. Reflexionó frenéticamente intentando ver si había alguna trampa en ello, o algún peligro.

–En realidad no tienes elección –dijo el cura.

Dicey asintió, aguantándole la mirada, pero iba recitándose a sí misma: *Crisfield. Costa Este. Maryland.*

Entonces el padre Joseph se fue, y prima Eunice le trajo a Dicey un catre que guardaba en el sótano. Dicey lo puso en el espacio que quedaba en el dormitorio de los chicos. Prima Eunice quiso oponerse a tener a Dicey con los chicos, pero no quería que su propia habitación estuviera atestada, así que no insitió demasiado.

Dicey fue a mirar a Maybeth dormida antes de hacer su última parada en el cuarto de baño y tumbarse en su catre. Pudo oír a James respirando suavemente. Sammy daba vueltas y sus sábanas hacían frufrú.

Dicey se tumbó boca arriba con los brazos debajo de la cabeza, la mirada en blanco hacia el techo oscuro. Habían venido hasta aquí, habían llegado sanos y salvos. Si éste iba a ser su hogar, entonces podría aprender a llevarse bien aquí. Lo haría. Stewart tenía razón, tenían que permanecer juntos. Eso era lo único que importaba.

Dicey fue arrullada, hasta dormirse, por las palabras que se repetían en su cabeza: *Crisfield, Costa Este, Maryland.*

Capítulo 10

Un golpe seco en la puerta despertó a Dicey. Abrió los ojos de par en par. La ventana estaba oscura. Dicey había dormido y despertado en tantos sitios desconocidos que nunca tenía aquella primera sensación matutina de estar perdida, o de no saber donde estaba. Sabía donde estaba, o mejor dicho, donde no estaba.

La llamada sonó de nuevo. Dicey saltó del catre y se deslizó por el angosto espacio alrededor de la cama donde dormían sus hermanos para abrir la puerta.

Prima Eunice estaba ahí de pie, con el mismo vestido negro de algodón, o uno gemelo, y los mismos zapatos de tacón alto.

–Voy a salir –susurró–. ¿Puedes bajar para hablar un momento antes de que me vaya?

Dicey asintió. Cerró la puerta y buscó en la oscuridad sus pantalones cortos y la camiseta.

Un frufrú de sábanas le hizo volver la cabeza cuando ya estaba a punto de salir. James se sentó.

–Sigue siendo cierto –dijo.

–Vuélvete a dormir, James –dijo Dicey, y él se tumbó obedientemente y cerró los ojos.

–Dicey encontró a prima Eunice en la cocina, bebiendo una taza de té. A su lado, sobre la mesa descansaba un bolso negro, unos guantes negros y un sombrerito negro redondo con un ala doblada hacia arriba.

–Buenos días –dijo Dicey.

–Siento haberte despertado tan pronto –dijo prima Eunice. Su rostro era pálido sobre tanto color negro a su alrededor–, pero voy a ir a la misa de las seis y media. Siempre lo hago –dijo–. Tomo el desayuno camino del trabajo. Hay un bar bastante limpio. A mi madre no le gustaba preparar desayunos. Y siempre he ido a la primera misa.

Dicey asintió. Se sentó frente a su prima.

–Rezo por mi madre, por mí y por el mundo –dijo prima Eunice–. Esta mañana, rezaré por vosotros y por vuestra pobre madre.

Dicey se sentía incómoda.

–Gracias –dijo. ¿Era eso lo que se suponía que había que decirle a alguien que rezaba por ti?

–Pensaba quedarme en casa hoy –prosiguió prima Eunice. Hablaba sin mirar a Dicey–. Pero no he faltado nunca ni un día al trabajo, por ningún motivo. Nunca, en veintiún años. De un modo u otro, no quería faltar hoy.

Dicey asintió.

–El padre Joseph dijo que vendría esta mañana y traería algo de ropa para vosotros. Inscribirá a los pequeños en las colonias así que podrán empezar enseguida. Es imprescindible que estéis aquí cuando llegue.

–Estaremos.

–Pero hay que hacer algunas compras, y el jueves por la tarde acostumbro a limpiar la sala de estar, sacar el polvo y pasar el aspirador, lavar los cristales y fregar el suelo. Ayer por la noche no pude conseguir dejarlo listo.

–Yo puedo hacerlo –dijo Dicey.

–Hazlo con cuidado y sin romper nada –le recomendó encarecidamente prima Eunice.

–Lo haré –dijo Dicey.

–Aquí hay algo de dinero. Intenta no gastarlo todo –dijo prima Eunice alargándole veinte dólares–. Necesitaremos algo para cenar supongo. ¿Sabes cocinar?

Dicey asintió.

–Tiene que ser pescado –dijo prima Eunice–. Hoy es viernes.

–Ya he preparado pescado otras veces –dijo Dicey. Bien, eso era verdad. Excepto que nunca lo había preparado en una cocina, en una sartén. ¿Qué tenía que ver el viernes con el pescado?

–Llego a casa a las cinco cuarenta. ¿Estaréis bien?

–Estaremos bien –dijo Dicey–. No tiene que preocuparse por nosotros.

–Yo no sé cómo os las habéis arreglado –dijo prima Eunice–. Debéis ser unos niños con muchos recursos.

Dicey no sabía que decir.

–Pero ahora estáis aquí, y yo me encargo de vosotros –dijo prima Eunice.

–Eso es muy amable de su parte –respondió Dicey. Sonaba tan vacío. Pero se sentía vacía, vacía y... lo admitió para sí misma... decepcionada.

–Es lo mínimo que podría hacer un cristiano –dijo prima Eunice. Luego se levantó y se colocó el sombrero en la cabeza. Se puso los guantes en sus manos rechonchas y recogió el bolso–. Hasta la noche, entonces. ¿Estás segura de que estaréis bien? –Dicey asintió–. No os olvidéis del padre Joseph.

–No lo haré.

–Ni de la sala de estar.

–No lo haré. Quiero decir que ya lo haré.

–Ni de la compra.

Dicey asintió

–Pescaso, acuérdate. ¿Por qué no un guiso de atún?

Dicey asintió. Esperaba encontrar un libro de recetas en esa cocina pulcra y ordenada, quizá dentro del armario.

Prima Eunice se fue, acompañando la puerta tras sí y cerrándola sin hacer ruido. Dicey suspiró aliviada, pero la puerta se abrió de inmediato.

–No dejéis la casa sola –dijo prima Eunice–. Tiene que quedar alguien en casa en todo momento. Hoy entran los ladrones incluso a pleno día.

–De acuerdo –dijo Dicey.

–No es que tenga nada de valor –dijo prima Eunice–. Pero roban cualquier cosa. Y asesinan... y otras coasas.... No sé... el mundo se ha vuelto loco. Tendré un duplicado de la llave para vosotros, sólo uno. Hasta entonces, no dejéis la casa abierta.

–No lo haremos –dijo Dicey–. No se preocupe por nosotros. Estaremos bien.

–¿Cómo puedo ayudar preocupándome? –le preguntó prima Eunice. No le dio tiempo a contestar.

Dicey miró el reloj colgado en la pared de la cocina. Tenía forma de gato, con una cola larga y ganchuda que marcaba los segundos. Las seis y cuarto. Dicey se familiarizó con la cocina, el armario (sin libro de recetas), los cajones, la nevera y el congelador. Tomó un trapo de quitar el polvo, el aspirador y entró en la sala de estar.

La habitación estaba desordenada, pero no sucia. Dicey pensó que no era necesario limpiarla, pero si prima Eunice quería que se limpiara, la limpiaría. Quitó el polvo a las sillas cuyo respaldo era de madera, a las mesas, a los alféizares de las ventanas y a la única estantería con una Biblia y dos hileras de álbumes de fotos. Dicey pensó que tenía que pedir permiso antes de mirar los álbumes. Sacó el polvo a los cuadros de las paredes, de Jesús y María, como los que estaba acostumbrada a ver en las felicitaciones de Navidad de tía Cilla, de Jesús crucificado, y las fotografías, de un hombre de cara redonda de pie al lado de un coche con parachoques redondeados, de una mujer de mirada penetrante con una piel alrededor del cuello, de una niña pequeña con el pelo rizado, un vestido de volantes blanco y un ramito de flores sostenido entre sus manos enguantadas de blanco. Dicey sacó el polvo a la hilera de gatos de porcelana china de encima de la estantería. Sacó el polvo a las lámparas y a los pomos de las puertas. Luego pasó el aspirador por la alfombra azul pálido, esmerándose en limpiar debajo de mesas y sillas.

Cuando terminó eran las siete y media. Dispuso los tazones, las cucharas y los vasos de leche para el desayuno. Prima Eunice tenía dos tipos de cereales, copos de maíz tostado con azucar escarchado y cereales con frutos secos que decía que tenían quince sabores en sus bolitas de distintos colores. Dicey puso las dos cajas en medio de la mesa. Deseaba poder encontrar unas flores para ponerlas en un vaso en el centro, pero en el patio de atrás no había ni una. Aparte de una capa de césped exuberante y descuidada, allí no crecía nada más.

Dicey disfrutó preparando el desayuno. Más allá, el sol matutino iluminaba la sala de estar. La luz daba alegría a las cosas.

Tomaron un desayuno ligero y luego Dicey lavó y secó los tazones, las cucharas y los vasos. Maybeth la ayudó a ponerlos en su sitio. Sammy y Maybeth salieron al patio trasero. Dicey llevó a James arriba e hizo que la ayudara con las camas. Prima Eunice se había hecho la suya.

Dejó a James de responsable mientras ella se iba a la tienda. Ahí adquirió pan, leche y fruta, atún, pasta y (tras leer las instrucciones del reverso de la bolsa de pasta) una lata de sopa de setas, mantequilla de cacahuete y mermelada. Compró también una docena de huevos, una caja de tortitas rellenas surtidas, un tarro de concentrado de fruta y una pelota roja de goma barata (porque si Sammy iba a pasar la mayor parte del día sin hacer nada, necesitaría algo con qué jugar).

Al regresar, sacando la comida de las bolsas, dejando los dólares y la calderilla al lado de la tostadora y lavando las manzanas antes de ponerlas en la nevera, Dicey se dio cuenta de que tatareaba la canción de Peggy. Era como jugar a casitas de muñecas.

James se acercó por allí y tomó una manzana.

–No hay ni un libro en la casa. ¿Nos vamos a quedar aquí?

–No creo que podamos hacer nada más –dijo Dicey–. Así que tenemos que agradar a prima Eunice, ¿sabes? Y supongo que al padre Joseph también. Tenemos que comportarnos con nuestros mejores modales. ¿Puedes hacer eso, James?

–Claro –dijo él–. Pero es una casa muy pequeña para cuatro niños.

–Mayor que la nuestra.

–Ajá, pero allí teníamos las dunas y la playa.

Dicey se fue al minúsculo patio y llamó a Sammy y a Maybeth. A ellos les repitió lo que le acababa de decir a James. Asintieron con solemnidad, luego se sacó de golpe la mano de detrás de la espalda y le tiró la pelota roja a Sammy.

Él intentó atraparla, corrió tras ella y la cogió con las dos manos. La hizo botar muy alto. Se dio la vuelta y sonrió a Dicey. Luego fue corriendo hacia ella para abrazarla y casi la hizo caer. Él llamó a Maybeth para jugar con la pelota.

Dicey miró como jugaban, orgullosa de que se le hubiera ocurrido comprar la pelota. Alegrándose en el corazón por haber sido capaz de dársela a ellos.

Cuando el padre Joseph llegó, ellos ya habían comido, y fregado y secado platos y vasos. Traía dos bolsas grandes de compra, y se las dio a Dicey.

–Ropa –le dijo.

Recogió a los pequeños y se fue andando calle abajo con ellos. James caminaba a su lado. Sammy corría delante. Maybeth trotaba detrás.

Dicey estaba sola en la casa. Era una sensación extraña la de estar solo. Estar solo dentro era muy distinto de estarlo fuera. Dentro no había nada que hacer. Y se sentía llena de energía.

Quería dar un paseo pero no podía dejar vacía la casa. Así que arregló las bolsas de ropa.

La ropa era usada, pero estaba limpia y planchada. La ropa de ellos estaba estropeada, pero de alguna forma aquello era distinto. Ropa vieja de otra gente... Dicey reprimió el pensamiento. No debía olvidarse de estar agradecida. Para Dicey y Maybeth había vestidos, para los chicos camisas y pantalones. A Dicey no le gustaban los vestidos. No había ropa interior. No había tejanos. Dos pares de zapatos, zapatos duros de cuero con cordones. Ella tendría que decirle al padre Joseph lo que necesitaban. O quizá prima Eunice podía darles dinero para zapatos y ropa interior.

Una hora después, regresó el padre Joseph. Los niños no estaban con él, pero estaba otro hombre. Llevaba un uniforme verde oliva, tenía la cara redonda y los ojos saltones de color marrón amarillento. Casi se le salían de las órbitas. Tenía los dedos rechonchos y hacía tintinear el dinero en el bolsillo. Miró a Dicey con ojos de miope.

Fueron a sentarse a la mesa de la cocina.

–Los niños estarán en las colonias por la tarde –dijo el padre Joseph a Dicey–. Tú y yo los iremos a recoger, así conocerás el camino. ¿De acuerdo?

Dicey asintió. Se preguntó si hubiera debido cambiarse y ponerse uno de los vestidos.

–Éste es el sargento Gordo. Trabaja en la Oficina de Personas Desaparecidas del Departamento de Policía, y también es un íntimo amigo mío.

–Encantada de conocerle –dijo Dicey.

–Encantado. ¿Qué tal el calorcito? –preguntó el sargento Gordo, y se rió de su propia gracia–. Bueno. Según tengo entendido tenéis una madre desaparecida.

Dicey asintió.

Él se sacó un bloc del bolsillo de atrás del pantalón y se dispuso a escribir con un bolígrafo.

–Dame sus datos –dijo él.

Dicey no lo entendió.

–Nombre, edad, peso, descripción, detalles distintivos y la última vez que la visteis.

–Liza Tillerman, treinta y seis años –dijo Dicey–. No sé cuanto pesa.

–¿Cómo es? ¿Gorda? ¿Delgada?

–Normal –dijo Dicey–. Un poco delgada, pero creo que tiene un tipo normal.

–¿Altura?

–Cinco o diez centímetros más alta que yo.

–Y tú ¿cuánto mides?

–No lo sé.

–Ponte de pie, ¿quieres? –y la midió a ojo–. Pues ella debe medir uno setenta, uno setenta y cinco. ¿Alguna cicatriz o lunar?

–Tenía un lunar grande en la barbilla y uno en la nuca, debajo del pelo. Tenía más, pero éstos eran los más grandes. Pelo rubio. Ojos color avellana, como los míos. La cara redonda y los pómulos salidos.

–¿Cómo iba vestida cuando se fue?

–Tejanos. Un suéter... grande, rojo, un suéter de hombre con agujeros en los codos. Sandalias. Un bolso colgado al hombro.

–¿Anillos? ¿Reloj?

Dicey negó con la cabeza. Mamá no tenía joyas.

–¿Anillo de casada?

Dicey negó con la cabeza. Los dos hombres intercambiaron una mirada.

–¿Cuándo la visteis por última vez?
–No estoy muy segura. Fue a principios de junio.
–¿Dónde fue?
Dicey le contó lo del recinto comercial de Pisanda. Le habló del coche y de cómo se habían ido de allí.
Él cerró la libreta de golpe.
–Veré qué puedo hacer por vosotros –dijo.
Dicey tragó saliva.
–¿Cree que está muerta?
Él frunció los labios.
–No puede decirlo, aún no. Si lo está, pronto lo averiguaremos. Como sea que los cuerpos muertos huelen mal, son más fáciles de encontrar.
Dicey asintió. No confió en sí misma para hablar.
El padre Joseph pareció darse cuenta y cambió de tema.
–He hecho una llamada a la iglesia de Maryland.
–Crisfield –dijo Dicey.
Él la observó un momento.
–Sí. El cura de allí mirará qué puede averiguar. Tu familia no es católica.
–No –dijo Dicey–. No lo somos. Por lo menos, no creo que lo seamos.
A él se le arquearon las cejas.
–Tu prima Eunice es una católica devota –dijo él–. Se ha criado en la Iglesia. Pero naturalmente era el padre el católico... su madre se convirtió al casarse. Ella es muy tradicional en su devoción... aún opta por no comer carne los viernes, por ejemplo.
Pero a Dicey no le interesaba nada de eso. Su atención seguía con el agente.
–¿Cuánto tiempo tardará? –le preguntó al sargento Gordo.
–¿Cómo puedo decirlo ahora, eh? Quizá un día. Quizá un año.
–No. Me refiero a si está muerta.
–Eso tomaría menos tiempo. Si hay posibilidades, te enseñaré algunas fotografías... ¡oh!, antes de una semana.
–Así que, si no me dice nada en una semana...
–Entonces podremos estar razonablemente seguros de que está

viva. El padre Joseph me contó que no tenéis ni idea de por qué vuestra madre os dejó.

–No lo dijo –asintió Dicey mirándole. Él no le gustaba, pero podía ayudarla–. ¿Quiere saber lo que pienso?

Él sacó de nuevo el bloc.

–Cualquier cosa puede ser útil.

–Creo que se quedó sin dinero y no supo qué hacer, así que simplemente... se olvidó de nosotros. Simplemente fuimos borrados de su mente. Porque estaba demasiado preocupada por nosotros. ¿Tiene eso sentido?

–¿Con el tipo de gente con el que tratamos? Todo carece de lógica. ¿Estaba preocupada por algo en particular?

–Por todo. Siempre. Se quedó sin trabajo. Esa fue la razón de que viniéramos hacia la casa de tía Cilla... aquí.

–¿Y la asistencia social? ¿O indemnización por desempleo?

Dicey negó con la cabeza.

–Mamá decía que no podía hacer eso. Ni siquiera quiso ir a hablar con nadie. Decía que la caridad no era para los Tillerman.

–¡Ojalá hubiera más gente que opinara así! –dijo el sargento Gordo, cerrando la libreta y guardándosela de nuevo–. Bueno, tengo trabajo que hacer.

El padre Joseph también se levantó.

–Y nosotros tenemos unos niños que recoger.

–Pero no puedo dejar la casa. Prima Eunice dijo que no dejara la casa abierta, y no tengo llave. ¿No podría ir a por James primero, y luego a por los otros dos? James me puede enseñar el camino el lunes por la mañana.

–El padre Joseph parecía indeciso.

–James se acordará perfectamente. Es listo.

–¡Oh, sí! Estoy convencido. Supongo que lo podemos hacer de esta forma.

Dicey les vio salir, y cuando se hubieron ido se sentó en la escalera de la entrada aguardando a que su familia regresara. La espera, allí, en la entrada oscura y silenciosa, se le hizo muy larga.

Por fin, estaban en la puerta, James flaco y pensativo, Maybeth que se apresuró a asirse de la mano de Dicey, y Sammy sonriendo en el portal. Dicey dio las gracias al padre Joseph y le dijo adiós. Llevó a su familia a la cocina. Les dio fruta y salieron todos al patio. Sammy quería jugar a pelota con Dicey pero ella tenía ganas de hablar.

–¿Qué habéis hecho? ¿Cómo era aquello?

–He hablado con los profesores –dijo James–. Es el edificio de una escuela y hacen manualidades y juegos por las tardes. Todos los profesores son curas –dijo, dándole un mordisco enorme al plátano y masticándolo–. Hay una biblioteca sólo para la escuela y laboratorios con mecheros Bunsen y armarios con productos químicos. Supe casi todas las respuestas a sus preguntas –informó con orgullo–. Creo que me gustará.

Dicey se alegró de oír eso.

–Me hablaban como si fuera un estudiante de bachillerato –añadió James.

–¿Y tú qué, Sammy? ¿Qué hiciste?

–Jugar.

–¿Jugar a qué?

–A hacer construcciones, con la arena. Hemos hecho carreras y he llegado el segundo. Y algunos de los chicos que he ganado eran de tercero.

–¿Y las chicas?

–No hay chicas en mis colonias. Todas las chicas están en un sitio y todos los chicos en otro.

–¿Así que vosotras erais todas chicas? –preguntó Dicey a Maybeth, y ella asintió–. ¿A qué jugasteis? –Maybeth no respondió–. ¿Estuviste con el profesor todo el rato? –imaginó Dicey.

–Sí –dijo Maybeth en voz baja con una leve sonrisa.

Dicey se alisó el pelo. Quería saber más acerca de lo que habían estado haciendo. Todos ellos habían estado separados por completo toda la tarde.

–¿Alguien te pareció simpático? –preguntó.

–No vi a ninguno de los chicos –dijo James–. Estuvieron calculando en qué clase ponerme. Me preguntaron qué oraciones conozco y sobre los Evangelios y los santos. No sé nada de ninguno de ellos. Catecismo –y pronunció la nueva palabra–. Ellos me enseñarán.

–Pareces contento de ir a la escuela.

–Chica, lo estoy –James le sonrió, con una sonrisa en los ojos avellanados también–. Todos esos padres, son tan inteligentes. Inteligentes de verdad. Nunca he tenido unos profesores así. Estos tíos saben mucho. Y de verdad quieren enseñarme lo que saben. Se puede decir eso. Ajá, imagino que me alegro. Así que tú también.

–Lo dudo –dijo Dicey–. Son cosas distintas las que me alegran.

–¿Como qué?

–Como saber que hemos comido.

–En serio, Dicey.

–El océano –dijo Dicey–. Y mucho espacio al aire libre. Pero sobre todo el océano. Y la comida también, eso *iba* en serio.

–Me ha dicho el padre Joseph que te dijera que todos estamos inscritos. Dijo que nos tienes que llevar el lunes.

–¿Cómo era el sitio donde estaban Sammy y Maybeth?

James se encogió de hombros.

–Patios de recreo en su mayoría, al lado de las escuelas. Asfalto. Muchos aparatos para jugar y columpios. Los profesores de las chicas, donde está Maybeth, son monjas.

–¿Te gustaron las monjas? –le preguntó Dicey a Maybeth.

Maybeth no respondió.

–Las demás chicas llevaban faldas –informó James.

–Tenemos algún vestido –le dijo Dicey a Maybeth–. El padre Joseph no los ha traído hoy. ¿Quieres ir a probártelos? ¿Y mirar cómo son?

Maybeth asintió. Dicey la llevó arriba y se probó los vestidos. Prima Eunice llegó antes de que hubieran vuelto a bajar.

Dicey encontró a prima Eunice sentada en la cocina, esperando a que hirviera la tetera. La mujer parecía cansada. Se había sacado las gafas y tenía la frente apoyada en las manos, frotándose los ojos. Dicey mandó a los niños a jugar al patio trasero y advirtió a James que los mantuviera allí. Se sentó delante de prima Eunice.

–¿Está cansada? ¿Puedo hacer algo?

En aquel momento, la tetera empezó a silbar.

–Haré el té –dijo Dicey, levantándose de un salto. Sirvió agua en una taza y sumergió en ella una bolsita de té.

–Gracias –dijo prima Eunice–. Sí, estoy cansada. Y esta noche tengo una clase de instrucción...

–¿Una clase de instrucción?

–De instrucción religiosa. Estoy estudiando para... Estoy estudiando. Pero me duelen tanto los pies que no sé si esta noche podré ir. Bien, claro que puedo, pero...

–¿Qué clase de trabajo hace? –preguntó Dicey.

La mujer estaba casi acurrucada, con la cara pálida y la mirada sin expresión. Dicey no podía imaginarse qué clase de trabajo podía dejar así a una persona.

–Soy capataz subalterna. Mis chicas y yo ponemos encajes a la ropa interior femenina. Ya sabes, en las combinaciones y camisones hay tiras de encaje, o en los sostenes –Dicey no lo sabía pero, de todas formas, asintió–. He tenido bastante éxito en mi trabajo. Sólo hay media docena de capataces subalternos que sean mujeres, y sólo un capataz superior. Pero es cansado... supervisar, coser y el control de calidad. Es una responsabilidad. No te podrías imaginar algunos de los trozos de encaje que pretenden que montemos. Algunos tenemos que remendarlos incluso antes de que podamos hilvanarlos. Y estoy de pie la mayor parte del día, cuando no es una cosa es otra. Cuando mi madre estaba aquí, ella sabía lo cansada que estaba. –Su voz humilde y aguda hablaba monótonamente–. Siempre tenía una taza de té esperándome cuando yo entraba por la puerta. Y la cena en la mesa a las seis. Llego muy hambrienta.

–¿Siempre llega a casa a la misma hora?

–Oh, sí, a las seis menos veinte, exactamente –Dicey tomó nota mentalmente–. Pero tengo que preparar la cena si queremos comer antes de mi clase.

Prima Eunice se volvió a poner las gafas y se apoyó en la mesa para levantarse, tambaleándose un poco sobre sus tacones altos. Puso una olla con agua a hervir. Abrió la lata de atún y la de sopa. Dicey intentó ayudar, pero se sentía torpe... como si en vez de ayudar fuera un estorbo. Así que puso la mesa y le trajo a prima Eunice la pasta.

–¿Te has preocupado de asear la sala de estar?

–Sí, lo he hecho.

–Bien. ¿Has limpiado los cristales?

–¡Oh, no! Me he olvidado. Lo haré por la mañana.

–Oh querida, por la mañana tenemos que asear el piso de arriba. Y llevar las sábanas y toallas a la lavandería. Y hacer nuestra colada personal. Creo que tendremos que dejar los cristales para la semana próxima. Aunque estén muy sucios.

–Ya los limpiaré –aseguró Dicey.

–Y el suelo. ¿Has fregado?

–No, no, lo siento, no lo he hecho. No sabía que se refería a eso.

–Pues mañana tendremos que fregar también la sala de estar. De un modo u otro.

–Ya lo haré. No se preocupe por ello.

Prima Eunice vertió la pasta en el agua hirviente.

–Prima Eunice...

–Sí, Dicey.

–¿Sabe que el padre Joseph nos ha traído ropa?

–¡Qué amable!

–Sí, muy amable. Estamos agradecidos. Se lo dirá, ¿verdad?

–Sí, lo haré.

–Pero... necesitamos ropa interior, y no había. Y tejanos o pantalones cortos, sólo uno para cada uno, así cuando juguemos no estropearemos la ropa buena. Y playeras. Por lo menos, los demás necesitan playeras. Yo puedo utilizar las mías mucho tiempo aún. Y supongo que no necesito un segundo par de pantalones cortos.

–¡Oh, querida!

Dicey echó a sus hermanos de alrededor de la mesa, como si todavía estuviera poniéndola.

–Así que mañana también tendremos que ir de compras –dijo prima Eunice.

–Gracias –dijo Dicey.

–No sé qué cuestan las prendas para niños.

–Ni yo. Lo siento –dijo Dicey–. ¿Quizá pueda conseguir trabajo?

–No lo creo –dijo prima Eunice, removiendo la pasta con un tenedor de mango largo–. Estuve hablado con mis chicas y dicen que alguien de tu edad sólo puede conseguir trabajo cuidando niños. No conozco a nadie que tenga niños pequeños. Supongo que se puede poner un anuncio en el periódico, pero entonces ¿quién se ocuparía de las tareas de la casa? Las chicas dicen –ya sabes lo tonta que es cierta gente– que fui una santa al acogeros, que cualquier otro os habría entregado a los servicios sociales. Pero dije: «No puedo hacer eso, son de mi misma sangre». Y en la situación que estáis, ¿sabes?

–Sí –dijo Dicey y luego añadió, porque sabía que era verdad aunque no lo sintiera–. Está siendo amabilísima con nosotros.

Prima Eunice asintió y sonrió con su ridícula sonrisa.

–James está muy ilusionado con la escuela –le contó Dicey–. Maybeth y Sammy están inscritos en las colonias.

–¡Qué bien! Oye, y ¿has sacado el polvo?

–Sí. A todo –dijo Dicey alegrándose de poder responder que sí a alguno de los quehaceres de limpieza–. Aquello de la estantería ¿son sus álbumes de fotos?

Prima Eunice asintió y puso un escurridor en el fregadero.

–¿Puedo mirarlos? –preguntó Dicey.

–Sin duda –dijo prima Eunice–. Yo no me cuidaba de los álbumes. Era tarea de mi madre. Algunas fotos son muy, muy antiguas. Irás con cuidado, ¿no?

–Sí –dijo Dicey–. ¿Vendrá tarde a casa esta noche?

–Después de las diez. No es necesario que me esperéis levantados. Mi madre nunca lo hizo. Espero que estaréis en la cama para cuando regrese. Hay un televisor en mi dormitorio. Podéis mirarla. Pero no juguéis allí. A los niños les gusta mirar la televisión, ¿no?

Dicey respondió con más entusiasmo del que sentía.

–Y mañana tenemos que acordarnos de sacar un duplicado de la llave para ti.

Prima Eunice suspiró y escurrió la pasta.

Capítulo 11

Algo de la casa de tía Cilla (aunque supiera que pertenecía a prima Eunice, Dicey seguía pensando en ella como casa de Tía Cilla, y seguía lamentando sus ilusiones perdidas) hacía que su cerebro se fuera derrumbando lentamente. Quizá era que le costara tanto complacer a prima Eunice lo que le había causado ese efecto. Quizá era la rutina de cada día, con las comidas, limpiar, los ratos de separarse de los pequeños y de irlos a recoger, comprar, coser y planchar, tener la taza de té a punto para prima Eunice precisamente a las seis menos veinte. Quizá sólo era cansancio tras su larga estancia allí. O quizá era que no parecía que fuera a pasar nada, excepto las mismas cosas que pasaban una y otra vez.

Incluso eso no era exactamente cierto. El sargento Gordo llamó un día cuando estaba sola en la casa. Le pidió que bajara a la comisaría de policía y le dio cuidadosas instrucciones para llegar hasta allí. Del dinero de la compra sólo tomó el suficiente para el importe del trayecto en autobús hasta el antiguo edificio de piedra con barrotes en las ventanas. Una vez allí se sentó en medio de una habitación amplia y concurrida para mirar fotos de mujeres que podrían ser mamá. Ninguna de ellas lo era. Todas, el sargento Gordo se lo contó, estaban muertas e inidentificadas. Habían encontrado el coche de los Tillerman, le dijo, y la policía de Pisanda podía venderlo y mandarle el dinero a Dicey. Le dijo que no esperaba que quisiera mucho dinero por él.

–¿Significa eso que mamá no está muerta? –preguntó Dicey.

–Creo que podemos darlo por sentado –dijo el sargento Gordo–. Ahora empezaré a comprobar hospitales. Parte del problema es que no sabemos por dónde empezar a buscar. Si hubieras dado parte de su desaparición en el momento, tendríamos más posibilidades.

–Lo siento –dijo Dicey.

–Y eso ahora ¿de qué nos sirve? –contestó. Entonces sonó su teléfono y le indicó que se fuera–. Me mantendré en contacto por si hay alguna novedad.

Dicey no tenía mucho tiempo para pensar en su familia. James, ella lo sabía, era completamente feliz. Estudiaba por la noche y cada mañana entraba corriendo a través de las pesadas puertas de madera de la escuela. Siempre le explicaba a Dicey hechos asombrosos. Una vez le contó acerca del tesoro de Alarico, que desapareció hace mucho tiempo, cuando Roma dominaba el mundo y América ni siquiera había sido descubierta. Nunca nadie pudo encontrar el tesoro porque Alarico lo escondió muy bien. Desvió un río, enterró el tesoro en el lecho y luego devolvió el río a su antiguo cauce. El tesoro estaba en algún sitio de allí, en Italia. Sólo Alarico supo dónde. Incluso mató a los que habían trabajado para enterrarlo, así no lo podrían explicar a nadie. James estudiaba los mapas de su libro de historia, intentando imaginar dónde podría estar el tesoro. James siempre estaba dispuesto a contarle a Dicey lo que estaba aprendiendo, si bien no parecía tener interés en hablar de otras cosas con ella.

Sammy, por otra parte, requería más y más su atención. Cada tarde iba corriendo hacia ella, le agarraba la mano y la arrancaba de la puerta donde le esperaba con Maybeth silenciosa al lado.

–Vámonos –decía él–. Vamos a jugar a pelota. ¿Jugarás a pillar conmigo? ¿Podemos hacer carreras por la acera?

Quería jugar con ella después de cenar y necesitaba que ella lo acostara cada noche.

Maybeth era Maybeth. Silenciosa y pacífica, salía los domingos de la iglesia con prima Eunice con un vestido rosa de volantes que prima Eunice le había comprado, con un sombrerito de paja con flores en el ala y con guantes blancos. Incluso llevaba un bolsito blanco. La prima Eunice le había tomado especial cariño a Maybeth.

Dicey se preguntaba si estaría perdiendo el contacto con su familia.

Dicey se había mirado los álbumes de fotografías de tía Cilla. No sabía qué era lo que estaba buscando, simplemente algo. Sólo había dos fotos de infancia de tía Cilla, antes de conocer al señor Logan, casarse con él y vivir en Bridgeport.

La primera era una foto de estudio, muy amarilla, de un hombre con una barba larga y una mujer con el pelo largo recogido sobre la cabeza. La mujer tenía un bebé en el regazo. Detrás de ella había una niña de pie con el pelo rubio y rizado y una sonrisa estúpida. Al pie de esta foto, tía Cilla había escrito con su letra como de encaje: *Mamá, Papá, Abigail y yo*. Dicey pensó que Abigail debía ser el bebé, hasta que prima Eunice le dijo que tía Cilla era doce años mayor que su hermana.

La otra foto debía haber sido tomada en una fiesta de cumpleaños, porque había un pastel con velas en el centro de la foto. Una mujer joven y guapa con un vestido blanco de verano sostenía un cuchillo para cortar el pastel. A un lado, estaban sus padres de pie, el hombre de la barba, emblanquecida, y la mujer, mucho más gorda. Al otro lado, una niña de pie con el pelo oscuro, rizado y rebelde y expresión desabrida. Los tres adultos estaban mirando al fotógrafo y sonriendo. La pequeña miraba ceñudamente al pastel. Tenía las manos detrás de la espalda. Dicey hubiera apostado que tenía los puños apretados.

Dicey identificó a la hija mayor como a tía Cilla. La menor era Abigail. La desabrida. Su abuela.

Una tarde, Dicey fue a buscar a James pronto. Fue pronto a propósito y entró en el edificio de la escuela antes que darse una vuelta por el patio de recreo, donde James acostumbraba a esperarla. Encontró al padre Joseph en un pequeño despacho, sentado tras un escritorio de madera, corrigiendo ejercicios.

–Estamos muy contentos con James –le dijo a ella, y le acercó una silla–. Siéntate. ¿Cómo os va todo? Ahora hará unas dos semanas que estáis con prima Eunice, ¿no?

–Sí –dijo Dicey.

–¿Algo va mal? –le preguntó. Entonces pareció venirle algo a la memoria–. De todos modos, he estado esperando para hablar contigo, pero no me había decidido. Me alegro de que hayas venido. ¿Tratamos primero de vuestros asuntos, y luego vamos a los míos?

–Pero usted me ha dicho que estaba contento con James –dijo Dicey, alarmada–. Aquí es feliz. Muy feliz.

–James está bien, bien –dijo el padre Joseph, y cerró la libreta de las notas, dobló las manos y la miró–. ¿Qué te ha traído a verme?

–Me preguntaba si sabría algo de la iglesia de Crisfield –dijo Dicey. Su mente trabajaba frenéticamente. ¿Le pasaba algo a Maybeth? ¿O a Sammy? ¿O a los dos? Sabía que a Sammy algo le pasaba en las colonias, lo supo desde el principio.

–¿Qué es lo que sabes de la familia de tu madre? –preguntó el padre Joseph.

–Nada. Mamá nunca hablaba de ellos, jamás. Excepto de tía Cilla. Y eso no era la verdad... pero mamá no lo sabía. He encontrado una foto de mi abuela en los álbumes de tía Cilla, pero sólo era una niña, de la edad de Maybeth. Prima Eunice no sabe nada. ¿Ha descubierto algo?

–Poco. La familia no es católica, ya sabes.

Dicey asintió. Él seguía sacándolo a colación.

–Así que no eran feligreses. Si fueran feligreses, entonces sabríamos un montón de cosas acerca de ellos. Pero... tu abuela. Se llama Abigail Tillerman.

–Lo sabía. Había nombres al pie de una de las fotos.

–Vive sola en una pequeña granja, en las afueras de Crisfield. Vive completamente sola allí. Su marido murió hace unos años.

Así que Dicey no tenía abuelo.

–No eran católicos, pero Crisfield es un pueblo pequeño, donde todo el mundo se conoce. Así que el cura hizo algunas preguntas a sus feligreses de más edad. Habían conocido a los Tillerman. Ninguno había tenido amistad con ellos... Los Tillerman parece que no tenían amigos... pero sabían de ellos. Me contó que había tres niños en la familia. Un chico, John, que se llamaba como su padre. La gente dice que está en California. Nadie sabe nada de él desde hace muchos años, ni su madre ni nadie... hace veinte años o más. Un segundo hijo que murió en Vietnam. ¿Sabes algo de la guerra del Vietnam?

Dicey asintió. Bueno, había oído hablar de ello, y James podría contarle algo más.

–Luego la hija, tu madre. Se escapó de casa a los veintiuno, dijeron, con un marino mercante que de alguna forma conoció, un hombre llamado Francis Verricker.

–¿Mi padre?

El hombre que la subía a hombros y la llamaba su singular pequeña.

El padre Joseph se frotó los ojos con las manos.

–Sí. Por lo menos ese es el nombre que hay en los certificados de nacimiento de Provincetown. No tengo motivos para pensar que no es el padre de todos. La policía está intentando averiguar su paradero. Lo buscaron hace unos años. Parece haber desaparecido.

–No me importa –dijo Dicey.

–Pues a mí sí.

La voz del padre Joseph fue brusca y colérica. Ello sorprendió a Dicey y, al darse cuenta de su interés, le estuvo agradecida, por primera vez en todo el tiempo que llevaban en Bridgeport, verdaderamente agradecida.

–¿Te importa oír cosas desagradables, Dicey?

–Sí. Pero prefiero saber la verdad que no saberla, si eso es lo que quiere decir.

–Lo supuse. El hogar de los Tillerman... debió ser un hogar desdichado ¿Sabes lo que eso puede significar?

–Creo que sí –dijo Dicey–. Quiero decir, nosotros éramos felices. Lo éramos... se lo crea o no...

–Aunque parezca mentira, me lo creo.

Dicey le sonrió.

–Mire, allí en la escuela había niños que... odiaban a sus padres o que odiaban a otra gente tanto que, ¿sabe?... no era un simple enfado, era odio. No puedo explicar lo que quiero decir, pero pude sentir la desdicha.

–Veo que James no es el único sesudo de la familia –dijo el padre Joseph.

Dicey se sintió halagada.

–Él es el listo. Yo sólo soy... práctica.

–Bueno, los Tillerman parecen haber llevado ese tipo de desdicha. El cura... o los que se lo dijeron... parecen culpar a los padres de ella, al padre en especial. Recuerda, eso son conjeturas, no hechos. Puede que sólo sean habladurías, ya sabes. Eso es sólo algo que le contaron y que él me ha contado a mí. Tu abuelo parece que fue un hombre severo. Un hombre inflexible. Demasiado recto quizá. Quizá cruel. Nadie sabe nada seguro. Tu abuela siempre le dejó hacer. Nadie puede decir qué pensaba. Nunca habló de ello. Él puso a sus chicos a hacer trabajos de hombre desde que tuvieron ocho años. Utilizaba un látigo, un látigo de verdad. No toleraba desobediencia de ninguna clase. Se peleaba con los vecinos. Era colérico... probablemente estaba también lleno de odio. Ella –tu abuela– aparentemente fue la clase de mujer que aguantaba fielmente las normas de su marido. Quizá pensaba que él tenía razón. U otra cosa.

–En realidad no importa mucho, ¿no?

–No, en efecto. *Eres* práctica.

–No he tenido demasiadas alternativas.

–Pues hablando de forma práctica, tu otro tío murió, tu madre ha desaparecido, y no creo que tu tío John quiera que le encuentren. Queda vuestra prima Eunice.

¿Qué pasaba con la abuela? Dicey no lo preguntó en voz alta. Se quedó callada un rato.

–¡Vaya familia! –dijo por fin.

–No debieras juzgar a menos que hubieras estado allí y supieras exactamente lo que sucede –dijo el padre Joseph.

–¡Vamos! –protestó Dicey–. Y de mamá... pero nos dio un buen hogar en Provincetown. Nos cuidó mucho, tanto como pudo.

–Sí, creo que sí, en algunos sentidos. Uno se pregunta –dijo con cautela, con sus ojos marrón claro posados en el rostro de Dicey– si no se trata de un rasgo de... debilidad mental.

¿Le estaba leyendo el pensamiento?

–El aislamiento de tu abuela... no tiene teléfono, así que el cura fue en coche a las afueras de Crisfield para hablar con ella. No quería dejarle entrar en la casa. Por lo visto ella gritaba tanto que no oiría lo que él le estaba diciendo.

Dicey se acordó de las rarezas de mamá y de la idea de James de que la locura fuera hereditaria.

–Te menciono eso porque quiero decirte que, si puede ser hereditario, probablemente tú *no* lo has heredado. A mi parecer –dijo el padre Joseph.

–¿Está seguro?

–No, desde luego que no. Pero recuerda, tú ya has pasado por más adversidades de las que haya soportado la mayoría de gente durante toda su vida. Tú y James, por lo menos vosotros dos, parecéis tener la fuerza y la capacidad de adaptaros para seguir adelante. ¿Acaso no es eso cordura?

–No lo sé –dijo Dicey. Se levantó para irse, dándole vueltas en la cabeza lo que él le había dicho.

–Pero estamos preocupados por tu hermana. Está... muy atrasada para su edad. No habla. No sabe leer ni operar con números.

Esto otra vez.

–Ella sabe –dijo Dicey, volviéndose a sentar–. Sabe hacer todo eso. No es... no lo hace delante de desconocidos. Sus profesores siempre decían que no sabía hacer nada, pero en casa, con James o conmigo, sí sabía. Usted no me cree.

–No, no te creo.

–No me creyó con lo de que nuestro padre fuera el mismo para todos –le recordó Dicey.

–Es cierto.

–Sólo tiene que darle tiempo a Maybeth.

–¿Cuánto tiempo? Está Sammy, también. Los padres han informado que no se lleva bien con los demás. Es hostil con sus compañeros y difícil de manejar y controlar. Juega solo porque los demás niños le evitan.

Dicey suspiró.

–Fue mucho más duro para Sammy que mamá nos dejara. Más

duro porque mamá le prestaba muchísima atención. Viniendo nosotros hacia aquí, James me contó que en Provincetown era más duro para Sammy que para los demás. Porque venía detrás de Maybeth. Y las cosas que la gente decía de mamá...

–¿Cómo os las arreglasteis tú y James? –preguntó el padre Joseph.

–James es listo. Tenía sus propias ideas e ignoraba a la gente. Supongo que yo me defendía lo bastante duramente como para que la gente quisiera molestarme. Pero Sammy no. Me refiero a que puede pelearse, pero no es tan salvaje como yo.

El padre Joseph sonrió.

–De muy pequeño siempre era feliz y simpático. Esa es su verdadera forma de ser. Todavía puede comportarse así. A veces, viniendo hacia aquí, se notaba, se le veía logrando ser más como él mismo.

–Sammy es un niño difícil –dijo el padre Joseph–. Pero supongo que su hostilidad no es sorprendente cuando se consideran las causas. Necesita un hogar cálido y amoroso.

Y todos nosotros, pensó Dicey. Miró rápidamente al padre Joseph.

–Quiero a Sammy –dijo ella.

–Naturalmente que le quieres. Sin embargo, debes considerar las consecuencias de esas responsabilidades en tu propia vida. Creo que debes hacerlo. Creo que debes tener en cuenta la adopción y los orfanatos. Sammy, a pesar de su comportamiento, quizá resulte ser el que más fácilmente encuentre un hogar. Será difícil colocar a Maybeth. Una niña retrasada...

–¡No lo es!

–Tiene los síntomas –respondió el padre Joseph dulcemente–. Y tú, una niña mayor. Tú también serías difícil de colocar. Tu prima... No sé qué planes tendrá ahora.

Dicey no tenía ni idea de a qué se refería. Se encogió de hombros.

–James también es mayor para ser adoptado, pero encontraría con facilidad un hogar permanente aquí en la escuela, o podría estar con una de nuestras familias. Su porvenir académico le hace sumamente atractivo.

A Dicey no se le ocurría nada que decir.

–Deberías pensar en esas cosas –dijo el padre, dulcemente a pesar de todo–. Sé que no quieres, pero debes meditarlas profundamente y estar preparada. Piensa en ti también. Aún eres una niña.

¿Una niña? Dicey se sentía como si tuviera cien años. O más.

–No te pido que te decidas. Sólo que abras tu mente a otras posibilidades.

Dicey asintió. Sabía que debiera darle las gracias, pero no pudo. Así que se limitó a salir de la habitación, sin decir una palabra.

Aquella tarde, por correo, Dicey recibió un cheque del Departamento de Policía de Pisanda por valor de cincuenta y siete dólares. El recibo que lo acompañaba decía «Beneficios de la venta de un Chevrolet sedán de 1963, costes descontados». Dicey miró el cheque y sonrió, por primera vez en muchos días, con ganas. Podía dárselo a prima Eunice y eso la haría sentir mejor con respecto a acoger a los Tillerman. O podía comprar tejanos para ella y para Maybeth, lo cual las haría sentirse mejor. O podía esconder el dinero, sin saber con qué propósito.

Dicey sabía lo que debería hacer: dar el dinero a prima Eunice. En lugar de eso, cobró el cheque en el almacén de comestibles, donde el hombre la conocía, y puso el dinero en la caja de zapatos de Maybeth.

Teniendo dinero era distinto. Eso despertó a Dicey. Empezó a pensar en cómo podría ganar más durante el día, cuando todos estaban fuera. Podía pasar menos tiempo fácilmente con las tareas domésticas si se esforzaba en ser más rápida y eficiente. Si hacía eso podría tener tiempo para ganar algún dinero. Dicey se sintió de nuevo como antes.

Por su edad, Dicey no podía conseguir un trabajo normal. Durante los días siguientes, reflexionó a fondo sobre lo que podía hacer para ganar algún dinero. Podía limpiar cristales, sabía cómo, lo había hecho. Decidió intentar eso. Si eso no funcionaba, podía intentar alguna otra cosa.

El primer sitio al que Dicey decidió pedir trabajo fue el almacén de comestibles. Ella agradaba al dueño-gerente, el señor Platernis, así que se imaginó que podía intentar primero con él.

Dicey propuso al señor Platernis limpiarle los cristales tres veces a la semana, por dos dólares cada vez. Él la miró detenidamente.

–Sólo tengo dos cristales –dijo él.

–Son dos escaparates enormes. Puedo hacerlos por dentro y por fuera, y luego puedo reaprovisionar las conservas alimenticias y de comida para perro –contestó Dicey.

–Necesitarías algo de material especial –dijo él–. Un limpiacristales de mango largo, un cubo y productos de limpieza.

–Si sé que los voy a utilizar, me los compraré –dijo Dicey.

Lo meditó. A Dicey le divertía negociar, y a él también.

–Los compraré aquí –añadió Dicey–. También puedo comprar aquí todas mis provisiones.

–¿Se te dan los negocios?

–Podría ser.

Él reflexionó un poco más.

–Dos dólares es mucho dinero.

–Una tienda con los escaparates limpios es mucho más atractiva para los clientes. Especialmente un almacén de comestibles. Vendría más gente a comprar aquí.

–Puedo limpiarme yo mismo los cristales.

–¿Tres veces por semana? Se ensucian mucho.

–¡Oh!, lo sé, lo sé. ¿Qué te parece un período de prueba de una semana?

–Dos semanas –dijo Dicey–. Es lo que me costará conseguir el equipo.

Él se rió.

–De acuerdo, dos semanas. Y llamaré a otra gente que podría estar interesada, a otros dueños de tiendas de esta zona. Miraremos si les gustaría contratar tus servicios.

–¿Lo haría, señor Platernis? No se arrepentirá.

Dicey le sonrió.

Negociando de esta forma, y antes de que ella lo supiera, Dicey tuvo seis trabajos fijos en el barrio: dos almacenes de comida, una ferretería, una tienda de zapatos, una tienda de empeños y una tienda de ropa. La tienda de ropa era su mejor trabajo: tenía cuatro escaparates grandes que querían que limpiara tres veces por semana, con lo que de allí sacaba doce dólares a la semana. Eso, sumado a los seis dólares semanales del señor Platernis y cuatro de cada una de las otras tres tiendas, hacía un total de ingresos de treinta dólares. El material, una vez hecha su adquisición de cubo y enjuagador de goma de mango largo, le costaba cinco dólares a la semana. El señor Platernis le dejaba guardar su equipo en el wáter, con su propio material y equipo de limpieza, sólo para no perderla de vista, dijo. No tenía por qué preocuparse: a Dicey le gustaba su trabajo, le gustaba hacer dinero. En la caja de zapatos, el dinero empezó a aumentar. Y la moral de Dicey aumentó con él.

Trabajaba duro, pero parecía tener más energías que antes. El calor de julio se hizo más intenso y pesado, pero Dicey no aflojó la marcha por eso. El señor Platernis no podía entender el optimismo de ella.

—Te deben haber criado en el trópico —decía, secándose el rostro con un pañuelo de tela. A menudo se quedaba fuera y hablaba con Dicey mientras ella trabajaba. Solía ayudarla a colocar nuevamente las latas de sopa y las bolsas de comida para perro que ella tenía que apartar antes de limpiar los cristales por dentro.

—Me gusta tener algo que hacer —dijo Dicey.

—Creía que ya tenías bastante llevando la casa para la señorita Logan y tu familia. Desde que llegaste sólo la he visto pasar de largo por aquí. Estás haciéndole todas las compras, y supongo que también el resto.

—Eso no es lo mismo —dijo Dicey.

—No te gustan las tareas domésticas —concluyó el señor Platernis.

Dicey no le contradijo, aunque sabía que no se trataba de eso. No le preocupaban las tareas domésticas. Siempre llevo la casa en Provincetown, aunque mamá no fuera ni con mucho tan exigente como prima Eunice. Pero no era lo mismo cuando uno tiene que acordarse de estar siempre agradecido.

Dicey compró tres mapas: uno de Connecticut, uno de Nueva York y Nueva Jersey, y otro de Maryland y Delaware. Encontró Crisfield con bastante facilidad, bajando hasta el final de Maryland, frente a la bahía de Chesapeake.

Una noche, durante la cena, Dicey intentó averiguar algo más acerca de su abuela.

–¿Visitó alguna vez a la familia de su madre? –preguntó.

Prima Eunice levantó la mirada sorprendida.

–Desde luego que no. Mi madre decía que no quería regresar y no quería dejarme acercar por allí. ¡Sammy! ¿Qué estás haciendo? ¡Incorpórate! ¡No te tumbes en la mesa! Acércate el tenedor a la cara, no la cara al tenedor. –Los ojos de ella, malhumorados tras sus gafas, se volvieron hacia Dicey–. Niños, no sé por qué no podéis mejorar vuestros modales, en vez de molestarme con ellos. ¿No creéis que ya tengo bastante que hacer?

Dicey echó una rápida mirada alrededor de la mesa. Maybeth se puso la mano izquierda en el regazo e irguió la espalda. Luego tropezó con la mirada de Dicey con una sonrisa tonta, medio de preocupación, medio de disculpa.

–Ya tengo bastante que hacer –continuó prima Eunice–. Y sumado a... –dudó y pareció acordarse de algo–. ¿Sammy? Eso de la mano ¿es un corte?

Sammy asintió sin dejar de masticar.

–¿Cómo ocurrió? –preguntó prima Eunice.

Sammy sacó la mandíbula y no contestó.

–Contéstame –dijo prima Eunice.

–No me acuerdo –murmuró Sammy.

–Eso es mentira.

–¿Cómo lo sabe?

–Lo sé porque he oído hablar de cómo te cortaste, por eso lo sé.

–Entonces, ¿por qué me lo pregunta? –pidió Sammy.

Maybeth inclinó la cabeza sobre el plato. Dicey miró a Sammy, intentando conseguir que cooperara más. O, por lo menos, que se callara.

Prima Eunice hablaba con los labios crispados.

–No seas fresco. Conmigo no seas fresco nunca más. ¿Lo oyes? Si te lo he preguntado es porque... porque... porque quería oír lo que dirías –concluyó, sin convicción.

–No he dicho nada –dijo Sammy.

–¿Cuál fue el motivo de la pelea? –preguntó prima Eunice.

–Nada –dijo Sammy.

–¿Sammy? –interrumpió Dicey–. Prima Eunice quiere oír tu versión.

–No me acuerdo cómo empezó –dijo Sammy testarudo. Dicey lo hubiese levantado y le hubiera sacudido.

–¿Quién ganó? –preguntó James.

–¡James! –gritó prima Eunice.

Sammy levantó la cabeza.

–Gané yo.

–Eso es lo de menos –dijo prima Eunice.

No era lo de menos, se dijo Dicey para sí misma. Para Sammy no lo era.

–No quiero que te vuelvas a pelear nunca más –declaró prima Eunice–. Quiero que me prometas que no lo harás.

Sammy masticaba en silencio, con la mirada clavada en el plato. Por lo menos, pensó Dicey, tiene la boca cerrada.

–Sammy... –le advirtió prima Eunice.

Él negó con la cabeza.

–Pues te irás a tu habitación. Ahora mismo –dijo prima Eunice, y su voz parecía enojada y cansada–. Y te quedarás allí el resto de la noche. Dices mentiras. No quieres prometerme que no te pelearás. No quiero tenerte en mi mesa.

Sammy se bajó de la silla y salió de la habitación arrastrando los pies. Oyeron sus lentos pasos subiendo los escalones sin alfombrar. Oyeron cerrar la puerta de golpe tras él.

–No sé. Francamente no sé –dijo prima Eunice. Meneó la cabeza y sus rizos tipo salchichas bambolearon–. Por lo menos me he enterado de algunas cosas buenas sobre James. James parece estar dando bastante buena impresión.

Ella le sonrió.

James vacilaba entre decir alguna grosería y sentirse halagado. Dicey le miró inquieta.

–James es listo –dijo ella, intentando inclinar la balanza.

–No es sólo eso –dijo prima Eunice–. James se porta bien, también. Es un honor.

–Es una buena escuela –dijo James por fin. Dicey respiró aliviada.

James la miró de reojo, moviendo las cejas de la forma que lo hacía Windy, y siguió hablando–. Cuando piensas que allí todo está para aprender, para comprender cosas. Como historia y ciencias... hay tanto que aprender. Los padres dicen que parte de los objetivos del hombre es aumentar sus conocimientos, a fin de que pueda comprender mejor cuan grandes son las obras de Dios. Mucha gente piensa que los conocimientos son peligrosos. Pero se equivocan. ¿Ha pensado alguna vez en eso, prima Eunice?

–Sí, por supuesto –dijo prima Eunice–. Dios quiere que los niños estudien de firme y se porten bien en la escuela.

James respondió lentamente.

–Me imaginaba que diría eso. Pero no es de esa forma que los padres hablan de ello, de aprender. Ellos no tratan del tema como de un deber. Ellos tratan de ello como un don. Como una gracia divina.

–No creo que tengas razón respecto a eso –dijo prima Eunice–. No es gracia divina. No es eso lo que dicen los Evangelios, ¿verdad? Nunca nadie me contó que los Evangelios dijeran eso. Siempre he tenido entendido que el deber es lo más importante, incluso lo mejor.

James se encogió de hombros.

–Quizá el estudio tenga este sentido sólo para mí. Mejor para mí, ¿no?

Prima Eunice le sonrió. La tensión desapareció de la mesa. Pero Sammy no había cenado demasiado y estaba arriba en su habitación. Dicey intentó no pensar en ello. De todas formas, era culpa suya, por haber sido demasiado testarudo. Pero Dicey nunca había hablado de sus peleas cuando llegaba a casa... precisamente eso no se hace. Eso era *cantar.* Mamá nunca les preguntó esas cosas. ¿Por qué prima Eunice tenía que preguntar?

Después de lavar los platos, de que Sammy se durmiera, de que Maybeth se acostara en su cama y de que James se instalara en la sala de estar para hacer los deberes, prima Eunice llamó a Dicey para que se reuniera con ella en la cocina. Dicey vio que se tomaba una taza de té, y que por alguna razón estaba nerviosa.

–Siéntate, Dicey –dijo prima Eunice a modo de bienvenida. Llevaba otro de sus vestidos negros. Dicey nunca la había visto vestir de color. Sus ojos miraban a Dicey desde detrás de los cristales brillantes–. Hoy estuve hablando con el padre Joseph.

–No lo sabía –dijo Dicey, y se preguntó qué era lo que no andaba bien ahora.

–Me llevó a comer –dijo prima Eunice–. Bueno, me sorpendió que me lo pidiera. Yo no estaba segura de que fuera correcto... pero insistió que no había ningún problema. No fuimos a un restaurante de verdad, pero era una cafetería muy bonita, con todo tan limpio como es de desear. Tomé una macedonia de frutas. Mira, hay algo que nunca te he contado, y el padre Joseph cree que debería hacerlo.

–¿Qué es? –preguntó Dicey.

–Antes de que llegarais, tú y tu familia, yo tenía ciertas... ambiciones –dijo prima Eunice con voz muy dulce, removiendo el té pensativa–. El padre Joseph sabe de ellas, naturalmente. Él las aprobó, con ciertas reservas. Y desde el momento que él lo aprobó, estoy segura de que era lo correcto.

–¿Qué?

–Entrar en una hermandad. Hacerme monja. Iba a ser una monja antes de... y el padre Joseph me había ayudado en los preparativos preliminares. Es una vida útil. Tengo ahorros considerables, que constituirían mi dote, eso y la casa. Así que ya ves, he podido arreglármelas bien.

–Eso parece... –Dicey intentaba pensar lo que debiera decir–. Será una buena monja.

–¿Crees que sí? Eso esperaba. Sin embargo, ahora es imposible. –Los ojos de prima Eunice se empañaron de lágrimas y meneaba la cabeza–. A causa de vosotros, niños. Vosotros me necesitáis más, dice el padre Joseph. Velar por los niños abandonados también es servir a Dios. –Mientras hablaba, miraba por encima del hombro de Dicey alguna cosa que Dicey no podía ver, algo que Dicey sospechaba que no estaba allí en absoluto, y le brillaban los ojos–. Ése es mi deber. Ahora seréis mi familia.

Su voz vibraba con el placer que causa la resolución y el sacrificio.

–¿Está segura? –preguntó Dicey.

–Es la voluntad de Dios –dijo prima Eunice, inclinando la cabeza.

Dicey sorbía el té, el cual nunca le había gustado, y reflexionaba sobre ello.

–Es usted muy bondadosa.

Prima Eunice sonrió a Dicey.

–Está renunciando a algo que desea –prosiguió Dicey.

–Tú no eres quien para hablar de ello –dijo prima Eunice–. No te iba a contar nada, pero el padre Joseph dice que sobre todo tú y yo debemos comprendernos mútuamente. De modo que si a veces me pongo triste... sabrás el porqué y me compadecerás en vez de pensar que has hecho algo mal. Quizá Maybeth esté destinada a ser monja, quizá tenga la vocación, y mi misión sea guiarla hasta ello. Quizá sea la finalidad de mi vida.

Dicey quería levantarse y salir corriendo, pero se mantuvo quieta en su silla.

–El padre Joseph sugiere que os adopte, de este modo seré vuestra tutora legal.

–¿Y si mamá regresa?

–Seguramente se haya demostrado a sí misma que está incapacitada para criar niños –respondió prima Eunice, y frunció los labios.

Dicey no pudo responder a eso.

–De todas formas, Dicey, tú y yo tenemos que ocuparnos de Sammy. Está causando algunos problemas en las colonias. No sólo hoy... constantemente. El padre Joseph me ha dicho que había hablado de eso contigo. Hay que meter a Sammy en cintura. No puedo adoptar un niño que no me traerá más que disgustos. ¿No es cierto? Ya viste cómo se comportó durante la cena. Sammy tiene que entender que su comportamiento es inadmisible.

–Pero... –dijo Dicey, y luego cambió de idea–. ¿Cómo hay que hacerlo?

–Hablaré con el padre Joseph. No está seguro de que mi casa sea el mejor lugar para Sammy, pero opina que debemos intentarlo durante algún tiempo, para ver si se puede mantener vuestra familia unida. Me contó que Maybeth también le preocupa, pero le pude asegurar que Maybeth y yo nos llevaríamos bien. Pero Sammy... no lo sé. Ya veré. El padre Joseph sabe de chicos disciplinados. James, afortunadamente, promete. A Sammy hay que meterlo en cintura, de modo que no me avergüence.

Dicey permanecía completamente en silencio. Ni siquiera parpadeó. No confiaba en sí misma para hablar.

–*Me* siento mucho mejor, ahora que hemos hablado. ¿Tú no? –dijo prima Eunice, que parecía feliz. Sus rizos bamboleaban sobre su cabeza.

–Seréis como mi familia. Si hubiera tenido una hija, sería de vuestra edad. Creceréis y tendréis hijos. Así cuando yo sea más mayor, no estaré sola. Como mi madre, que no estuvo sola. En cierto modo, me alegro de ello. ¿Tú no? Y vosotros tendréis una buena madre.

Nosotros ya tenemos una buena madre, se dijo enfadada Dicey. ¡Ánimo!, se dijo a sí misma. Eso era lo que había decidido el padre Joseph. Quizá fuera lo mejor. Los Tillerman podrían estar juntos... quizá. Tendrían un hogar. Dicey sabía que debiera sentirse agradecida con prima Eunice. Pero no era así. Tenía ganas de llorar.

Capítulo 12

Agosto sofocaba la ciudad. El sol del alba tenía que encender su rojo trayecto a través de neblinas y nubes de humos industriales. Salía vapor de las calles en que el asfalto reflejaba la intensa luz solar. La temperatura subía hasta la una de la tarde, y luego seguía subiendo. Cuando llovía, gotas gordas y grises chapaleteaban sobre el pavimento, luego rebotaban, como en un débil esfuerzo por escapar. Al atardecer, la oscuridad cubría gradualmente el sol, hasta que la noche caía sobre la ciudad.

Dicey se levantaba pronto todas las mañanas, calentaba los desayunos, limpiaba la cocina, acompañaba a su familia a sus actividades diarias y regresaba deprisa para recoger su equipo e ir a limpiar los cristales de las tiendas que estaban en el programa del día. Luego terminaba los quehaceres domésticos, que prima Eunice le había asignado, antes de ir a buscar a su familia, jugar un poco con ellos, preparar la cena y hacer el té a prima Eunice.

Los fines de semana eran ligeramente distintos. Aquellas dos tardes, los Tillerman podían salir al parque o la playa después de que acabaran los quehaceres domésticos de la mañana, o después de que Maybeth regresara con prima Eunice de la iglesia.

A veces, si iban a merendar al parque o prima Eunice quería que la acompañaran a visitar a unos amigos, a Dicey le resultaba más cómodo ir a buscar a Maybeth a la iglesia. Dicey permanecía fuera del gran edificio de ladrillo, esperando a que las pesadas puertas se abrieran desde dentro. El campanario se elevaba hacia el cielo. Había una cruz dorada en lo alto del campanario, y desde abajo parecía como si la punta de la cruz arañara la parte inferior del cielo.

Cuando las puertas se abrían, Dicey buscaba cuidadosamente a su hermana con la mirada. Muchos niños iban a la iglesia con sus padres, muy elegantes todos ellos. Las niñas llevaban vestidos de organdí, zapatos de gala y en el pelo cintas o sombreros. Los niños llevaban trajes de verdad y corbatas. Prima Eunice siempre salía despacio, rodeada de un grupo de mujeres que podían haber sido sus hermanas. Vestían igual. Todas llevaban zapatos de tacón alto. Todas se habían rizado el pelo como en forma de salchichas.

Las mujeres trataban a Maybeth como a un animalito doméstico. Ésta solía quedarse de pie en el medio y ellas le decían lo guapa que era, lo afortunada que era de tener el pelo rizado natural, y qué niña tan dulce y silenciosa era.

–Seguro que vas a romper unos cuantos corazones –decían entre risillas.

Maybeth lo escuchaba con una sonrisa tonta.

–Un ángel como tú... ninguno será lo bastante bueno para ti. Es un tesoro, Eunice –decían.

–¿Creéis que no lo sé? –respondía prima Eunice, satisfecha.

–Una muñeca, una muñeca maravillosa.

Dicey se ponía las manos detrás de la espalda y cerraba los puños, mientras esperaba a que prima Eunice la viera.

Cuando prima Eunice la llamaba, las mujeres daban un paso atrás y le dirigían una sonrisa remilgada. Maybeth alargaba la mano para que Dicey se la asiera. Sus ojos estaban muy abiertos cuando miraba a Dicey, muy abiertos y agradecidos por la atención. La sonrisa boba permanecía.

Los domingos por la tarde, los Tillerman optaban por ir a un pequeño parque cercano porque los fines de semana de verano estaba menos concurrido que la playa. Ahí había árboles, y césped. Dicey se encontró al señor Platernis varias veces en el parque, el cual la saludaba efusivamente con un:

–¿Cómo está hoy mi ambiciosa?

Nadie hacía ningún comentario al respecto, excepto James, pero Dicey cambiaba de tema bruscamente.

Encontró un momento, poco después de su charla con prima Eunice, para intentar explicarle la situación a Sammy.

–Tienes que cooperar en las colonias –dijo Dicey.

–No me gustan –dijo Sammy.

–¿Quién no te gusta? ¿Los chicos o los profesores?

–No me gusta nadie de ellos.

–¿Por qué no?

–Todos son unos mandones.

Eso fue todo lo que le quiso decir.

–Hemos tenido un problema, Sammy –dijo Dicey–. Tenemos que agradar a prima Eunice. Para ti la forma de ayudar es que cooperes en las colonias. Compórtate más amistosamente.

–¿Por qué? –preguntó Sammy.

–Así podremos permanecer todos juntos con prima Eunice –dijo Dicey.

–Cuando venga mamá, no tendremos que hacerlo. Y, de todas formas, no quiero hacerlo.

Dicey suspiró. Tampoco a ella le apetecía mucho.

–¿Querrás hacerlo por James, por Maybeth y por mí? –le preguntó Dicey–. ¿Lo intentarás por nosotros? Sé que es duro. Sé que estás enfadado. Pero necesitamos que lo intentes. Cuando estábamos solos dejaste de disputar y ayudabas. ¿Te acuerdas?

Sammy asintió.

–Te gustó aquello, ¿no?

Sammy asintió.

–Lo único que quiero es que en las colonias seas más de aquella forma. ¿Puedes intentarlo?

Sammy asintió.

–Pareces mamá –dijo él.

–¿Qué quieres decir?

–Pues que lo pareces. Cuando me pedía que fuera bueno, hablaba de esta forma.

Él salió corriendo a juntarse con Maybeth en los columpios. Dicey le miró cómo atrapaba un columpio al vuelo y se subía a él de un salto, luego se empezó a dar impulso frenéticamente con sus robustas piernecitas. Cuando alcanzó a Maybeth, gritó con entusiasmo.

Los días se iban sucediendo cual lenta procesión. Prima Eunice trataba a Dicey de otra forma desde aquella charla. Cada noche, quería sentarse con Dicey en la cocina, ante tazas de té que Dicey nunca pudo acabar de beberse por completo, y charlar de religión, de servir a Dios y de lo mucho que de niña había deseado ser monja. Pero su madre le decía que no tenía la suficiente fortaleza de espirítu, que no tenía verdadera vocación, que debiera esperar a ver si se casaba.

Dicey escuchaba. Empezó a sentir lástima por prima Eunice, que había vivido toda su vida en esta ciudad, que se iba cada mañana a trabajar por las mismas calles grises de la ciudad. A Dicey no le gustaba tía Cilla. En sus cartas había mentido a mamá. A Dicey le parecía que tía Cilla había intentado tener a prima Eunice sólo para ella. Y entonces, mientras la voz dulce y monótoma hablaba de misas y oraciones, Dicey pensaba para sí que justo cuando prima Eunice estaba a punto de hacer lo que siempre había deseado, se presentaron los Tillerman para impedírselo de nuevo. Pobre prima Eunice.

Si esto le hubiera ocurrido a Dicey, estaría furiosa. Prima Eunice no estaba furiosa en absoluto, sólo triste a veces. Como si el curso de toda su vida tuviera que ser éste, no conseguir lo que quería, renunciar siempre a ello por el interés de otra persona.

Quizá le resultaba gozoso renunciar a cosas por el interés de otra persona. Pero incluso si así era, Dicey sabía que su prima hubiera preferido ser monja. Eso era lo que deseaba de verdad.

En la caja de zapatos de Dicey, el dinero iba aumentado lentamente, día a día. Sesenta y cinco, setenta, que con los cincuenta dólares que le quedaban del coche, hacían ciento veinte dólares, luego ciento cuarenta, ciento cincuenta.

De las colonias, Maybeth llegó a casa con una nota dirigida a la señorita Tillerman. La nota pedía a Dicey que fuera a las colonias la tarde siguiente a las dos, una hora antes de que los niños se fueran a casa. Alguien llamado hermana Berenice quería hablar con ella.

Dicey no quería ir. Sabía lo que la hermana le diría. Leyó la nota y la releyó. Pensó tirarla y fingir no haberla recibido, como hacía mamá. La rompió en trocitos pequeños y los echó a la papelera. No quería oír nada de lo que la hermana tenía que decirle, de que Maybeth fuera retrasada y necesitara una escuela especial.

James no era una ayuda. Parecía estar convencido de que los padres, y las monjas también, no podían cometer ni un error.

–Ve y habla con ella. Quizá sepa algo que no sabemos. Quizá sepa algo que pueda ayudar a Maybeth. Proponte sólo aprender de ella, de lo que tenga que decirte. Tienes que mantenerte libre de prejuicios, Dicey. Tienes que dejarte una puerta abierta en la mente para que pueda entrar la comprensión. Es una de las cosas que he aprendido.

–La mente no lo es todo –dijo Dicey–. Para ti lo único que cuenta es la inteligencia. Pero Stewart no pensaba así. Ni yo tampoco. No quiero ir.

–Haz lo que quieras –dijo James–. Yo iría.

–Yo no soy tú –dijo Dicey.

Pero acudió a la cita, con uno de los vestidos de segunda mano que la hacían sentirse incómoda y desmañada porque nunca le habían sentado realmente bien. Llevaba playeras porque era el único calzado que tenía. Mantuvo la barbilla alta, un poco enojada... sabía que Maybeth y esa mujer no lo estaban.

La hermana Berenice aguardaba a Dicey en una de las clases de al lado del patio de recreo. Era una habitación para niños muy pequeños. Todas las sillas eran pequeñas. A Dicey, las mesas ni siquiera le llegaban a la rodilla.

La hermana Berenice se levantó de su escritorio cuando Dicey entró en la larga habitación. La hermana era muy alta y muy delgada. Vestía un traje negro con una falda bastante larga, y su rostro quedaba enmarcado por la toca que llevaba. Tenía los ojos azul claro y su boca parecía severa. Cuando acercó una de las sillitas para que Dicey se sentara, Dicey observó sorprendida que llevaba un anillo de boda de plata en la mano derecha.

–Si sólo eres una niña –dijo ella, y Dicey asintió–. Pregunté a Maybeth –dijo la hermana Berenice, que parecía contrariada–, pregunté a Maybeth quién era su tutor y dijo que Dicey, su hermana. Le pregunté si estabas casada y Maybeth dijo que no. Es la conversación más larga que hemos tenido. No pensé en preguntarle al padre Joseph cuántos años tenías. ¿Quién es la persona legalmente responsable de Maybeth?

–Nuestra prima Eunice, supongo –dijo Dicey–. Hasta que encuentren a nuestra madre.

–La señorita Logan –murmuró la hermana Berenice, con aparente incredulidad.

–Ella nos ha acogido. No tenía por qué hacerlo –dijo Dicey–. Ni siquiera jamás había oído hablar de nosotros.

Quería que la hermana Berenice apreciara lo que prima Eunice había hecho. Quería apreciarlo ella misma.

–¿Cuántos años tienes? –le preguntó a Dicey.

El genio de Dicey se encedió.

–Tengo trece años. ¿Cuántos años tiene usted?

Una sonrisa curvó las comisuras de los pálidos labios de la hermana Berenice.

–Cincuenta y tres, los años suficientes como para reconocer el valor cuando doy con él. Háblame de tu hermana, Dicey.

Dicey se la quedó mirando sorprendida. Por un momento, no se le ocurrió nada que decir.

–Es tímida –dijo Dicey–. Casi nunca habla con desconocidos. Y la gente siempre quiere hablar con ella, porque es mona. Normalmente, se queda rígida y callada, mirando fijamente con los ojos muy abiertos. Ni siquiera con nosotros habla demasiado. Pero cuando lo hace, siempre dice lo apropiado.

La hermana Berenice la escuchaba sentada y con la manos cruzadas. Así que Dicey continuó.

–No sé por qué Maybeth es de esa forma. Pero siempre ha sido así. Desde el momento que empezó la escuela, sus profesores creyeron que era tonta. Supongo que puedo entenderlo. Estaría tan callada que uno podía pensar que no sabía nada. Repitió un año, el primer curso. Luego el profesor quería que repitiera este año, o por lo menos eso creo. Mamá nunca abrió aquellas notas.

–Dices que casi nunca habla con desconocidos. Eso significa que a veces lo hace. ¿Con quién habla?

Dicey le contó cómo Maybeth había hablado con Stewart y cantado con él.

–Canta... es encantadora cuando canta. Aprende las canciones deprisa. Si puede hacer eso es que no es retrasada, ¿no?

La hermana Berenice se limitó a sonreír.

–Y *sabe* leer –dijo Dicey–. No como James, pero tan bien como Sammy. En casa, acostumbraba a leerme cuando se lo pedía. Y sabe sumar y restar –Dicey reflexionó–. No es rápida, pero sabe resolver problemas. Sólo que necesita más tiempo para aprender lo de la escuela, y es demasiado tímida como para decir lo que sabe. Cuando juega, hace jardines y castillos y se inventa historias acerca de ellos –Dicey nunca había definido anteriormente con tanta exactitud lo que Maybeth sabía hacer y lo que no–. Supongo que en la escuela es lenta, pero no creo que sea retrasada. O algo así.

–¿Quieres ir a mirar a las niñas por la ventana? –le preguntó la hermana Berenice. Dicey, perpleja, obedeció.

El patio de recreo estaba cercado por una valla alta. Las niñas se juntaban en grupitos, jugando, leyendo o escuchando a alguna de las monjas que estaban fuera con ellas. Dicey buscaba con la mirada a Maybeth entre las numerosas niñitas.

La descubrió, sentada en círculo alrededor de una monja con una guitarra. Maybeth estaba sentada detrás del grupo. Su vestido, como el de Dicey, era largo y oscuro. Su rostro era redondo y triste. Todas las demás niñas estaban cantando y dando palmadas, pero Maybeth miraba fijamente cómo las manos de la monja tocaban el instrumento. No cantaba. No daba palmadas.

La monja dejó de tocar y dijo algo, con lo cual todas las niñas se pusieron de pie de un salto y corrieron hacia distintos sitios del patio. Maybeth no se movió. La monja se inclinó para hablarle y ella levantó la mirada.

–Pero parece asustada –dijo Dicey–. ¿Por qué parece asustada?

Oyó el tono rudo y exigente de su propia voz.

La hermana Berenice no le contestó.

–Comprendo lo que quiere decir –dijo Dicey. Maybeth parecía distinta de todas las demás niñitas. Dicey vio cómo su hermana caminaba lentamente hacia los columpios. Se quedó de pie allí. Varias niñas se columpiaban enérgicamente. Había algunos columpios vacíos, pero Maybeth no se subió a ninguno.

Era como si Maybeth ni siquiera estuviera allí, ni siquiera para ella misma. ¿Qué le pasaba? Parecía... vacía.

–Pero ella no es de esa forma –empezó a decir Dicey.

–¡Quién sabe! –dijo la hermana Berenice con una voz que indicaba duda. La hermana Berenice no se creía a Dicey.

–El padre Joseph me aseguró que tú eres extraordinaria –le dijo la hermana Berenice.

–¿Eso dijo?

–Sí –asintió con una voz sonora que garantizó a Dicey que era la verdad–. Por mantener la familia unida, y alimentada. Pero me pregunto si habrás afrontado la realidad respecto a Maybeth. Creo que quizá te has estado engañando a ti misma.

Dicey reconoció que también eso era verdad.

Quizá lo estaba, quizá...

–¿Conoces el tipo de enseñanza especial válida para niños como Maybeth? No a través nuestro, desde luego, pero el estado da excelentes facilidades para niños con problemas. Son muchas las cosas que pueden aprender y hacer, si se les enseña de forma apropiada. ¿Es justo que a Maybeth se le niegue su oportunidad sólo porque tú no quieres afrontar los hechos?

–No –dijo Dicey. La palabra le salió del alma.

–No creo que quieras hacerle eso a Maybeth.

–No –dijo Dicey de nuevo–. Ésos no son los hechos.

–¡Oh, vamos! –dijo la monja. Dicey parecía haberla decepcionado. Dicey suspiró.

–Lo siento –dijo ella–. No quería ser maleducada.

–¿En quién piensas, en Maybeth o en ti misma? –preguntó la hermana Berenice dulcemente.

Dicey no lo sabía, ni le importaba; estaba demasiado cansada y desanimada como para pensar en una respuesta. De todas formas, esta monja ya se había hecho su opinión. Dicey no quería pensar más en Maybeth. Estaba discutiendo más por hábito que por convicción.

–Usted sencillamente no lo sabe –repitió.

–Creo que probablemente lo sepa mejor que tú.

Dicey había terminado de discutir. Sólo quería salir de allí y llevarse a Maybeth con ella.

–¿Puede Maybeth venir conmigo ahora? Es casi la hora.

La monja se la quedó mirando un buen rato. Finalmente contestó:

–Sí, naturalmente.

Pero su voz decía más cosas. Le decía a Dicey que la monja sentía haberle pedido a Dicey que viniera. Bueno, Dicey también lo sentía. Asintió y salió de la habitación.

Dicey entró en el patio cruzando la alta verja de hierro. Empezó a andar hacia donde estaba Maybeth, pero vino una monja joven y le preguntó qué estaba haciendo allí. Parecía autoritaria, como si estuviera acostumbrada a que la obedecieran sin rechistar. Dicey le explicó quién era. Le dijo quc había tenido una entrevista con la hermana Berenice y que tenía permiso para llevarse a Maybeth a casa. La joven monja miró hacia atrás y se hizo a un lado.

Maybeth había visto a Dicey. Le sonrió, pero no fue corriendo a su encuentro como habría hecho Sammy. Dicey le devolvió la sonrisa y confiaba que sus sentimientos no se le notaran en la cara.

–Vamos a recoger a Sammy –dijo ella, alargando la mano.

Sammy tenía un corte en la frente que alguien le había tapado con una gran venda adhesiva. Tenía los labios hinchados.

–¡Oh, Sammy! –dijo Dicey sin poder evitar que se le notara la preocupación en la voz–. Dijiste que lo intentarías.

–Lo he intentado.

–Has tenido una pelea –dijo Dicey–. Y bastante grave.

–Él dijo...

–¿Quién? ¿Quién dijo?

–Johnny. No sé su apellido. Ni me importa. Es un chaval mayor. Está en cuarto.Le hice llorar y yo no lloré.

–¿Qué es lo que dijo?

–Dijo que yo iba a ir a un orfanato porque aquí nadie me quiere. Dijo que se lo oyó decir a los padres. No es verdad, ¿eh, Dicey? Así que me peleé con él.

–¿Qué dijeron los padres?

–Johnny es el único que los oyó. Dice que ellos no saben que les pudo oír.

–No, no. Me refiero a cuando pararon la pelea. La pararon, ¿no?

Sammy asintió. Estaban de camino hacia la escuela de James. Dicey llevaba a los dos pequeños de la mano. Habían habido demasiadas malas noticias este día.

–Ellos no dijeron nada. No les contamos nada.

–O sea que piensan que todo es culpa tuya, ¿no?

Sammy asintió.

–Mañana tengo que estarme dentro solo. Todo el día.

–¡Oh, Sammy! ¿Por qué no les contaste lo que te dijo Johnny?

–Porque ellos intentan averiguarlo todo. ¿Qué es un orfanato?

–¿No lo sabes? ¿Y te peleaste por eso?

–Es algo malo, ¿no? Es lo único que sé.

Dicey suspiró.

–Un orfanato es un sitio a donde van a parar los niños que no tienen padres.

–No les dejarías hacer eso, ¿verdad, Dicey? Le conté eso a Johnny y me dijo que tú no podrías impedírselo.

Dicey se sintió impotente, completamente impotente, con los dos pequeños agarrados de la mano. Sabía cómo se sentía Sammy. Ella misma quisiera pelearse con alguien. O salir corriendo, rápido, sin esperar a que los semáforos se pusieran en verde. Pero tenía los dos pequeños agarrados a ella.

–Aquí está James –le dijo Sammy.

Sammy corrió a encontrar a su hermano. James iba andando deprisa, con un sonrisa enorme. Por lo menos uno de nosotros está contento, pensó Dicey.

Dicey llamó a la estación de autobuses y averiguó que ir a Crisfield costaba veintiséis dólares. Cincuenta y dos ida y vuelta. Y aún le quedaría algo de dinero, así que no tendría que depender de nadie. Se estaría en un hotel o algo así un par de días. Sólo era un par de días, hasta que le echara un vistazo a esa abuela, para verla por sí misma.

Se compró un pequeño maletín en la tienda de Goodwill. Localizó la estación de autobuses de Bridgeport. Allí, recogió un horario de autobuses y descubrió que si salía de Bridgeport a las diez de la mañana, tendría que cambiar en Nueva York dirección Wilmington. Mirando el mapa decidió que en Wilmington podía tomar un autobús que la bajara hasta Easton, luego a Salisbury y después Crisfield. Easton y Salisbury venían amarillas en el mapa, o sea que eran ciudades grandes. Seguro que allí habría autobuses.

Eso era un jueves. Pensó que se iría el próximo lunes, a fin de que los pequeños estuvieran en las colonias durante el día mientras ella permaneciera fuera. James podría hacer de responsable, por cuatro días. Era todo lo que podía estar fuera. Ellos sólo tendrían que pasarse sin ella cuatro días. No había manera de que se los pudiera llevar con ella. Igual que no había manera de contarle a prima Eunice que se iba a ir.

Aquella tarde, prima Eunice llegó tarde del trabajo, cargada con una bolsa de la panadería.

–El padre Joseph me llamó al trabajo. Traerá un amigo después de cenar, después de que los niños se vayan a la cama –dijo ella–. He comprado un pastel viniendo hacia casa. ¿Has dejado hecha la sala de estar hoy? Es jueves.

Dicey asintió.

–El padre Joseph me ha dicho que ya conoces a este hombre, un policía. Yo no. ¿Has limpiado los cristales?

Dicey se había olvidado de esto. Mintió. Bueno, no era del todo una mentira, ya que había limpiado cristales durante el día. Sólo que no había limpiado los cristales a que prima Eunice se refería.

–¿Y has pasado bien el aspirador? No sé... la casa se pone tan sucia con todos vosotros, niños. No sé cómo os las arregláis para acumular tanta porquería y traerla a casa.

Iba revoloteando por la cocina, ajetreada, mirando si había limones en la nevera, comprobando que su tetera buena estaba limpia en el armario y que había azúcar en el azucarero.

No podían traerles buenas noticias. Dicey lo sabía antes de que llegaran. Si hubieran sido buenas noticias, el sargento la habría llamado a ella directamente, o mamá la habría llamado, o mamá se habría presentado en la casa.

El padre Joseph y el sargento Gordo llegaron tarde. Los dos hombres y prima Eunice se sentaron en las sillas que había en la sala de estar. Después de ir pasando de uno a otro las tazas de té, la leche, el azúcar, el limón y el pastel, Dicey se sentó en el suelo. Llevaba uno de los incómodos vestidos que les trajo el padre Joseph. Prima Eunice fue parloteando al servir el té, luego se quedó callada.

–Hemos localizado a tu madre –dijo el sargento Gordo. Con una mano sostenía una taza de té y con la otra un plato de pastel. No podía ni beber ni comer, porque no tenía ninguna mano libre. Miró alrededor buscando una mesa para dejar el plato. Prima Eunice hizo sonar un breve *¡oh!* ante la noticia.

–Me lo imaginaba –dijo Dicey.

–No tengo nada bueno que contarte –dijo el sargento Gordo.

–Ni contaba con ello –dijo Dicey. Su rostro estaba inexpresivo.

–Eres una chiquilla inteligente –dijo el sargento–. Tu madre está en un hospital estatal de Massachusetts. La encontraron en Boston. Ella... ¿conoces el término catatónico?

Dicey dijo que no con la cabeza.

–Significa que al paciente no hay nada que le haga reaccionar. Tu madre... bueno, no hace nada, no habla, no parece que oiga lo que le dicen, no quiere comer por sí misma, no se quiere mover para nada, ni siquiera para ir al lavabo. Cuando se hicieron averiguaciones sobre su familia, los médicos intentaron hablarle de vosotros. No hubo ningún tipo de respuesta. Nada. Creen que no tiene remedio.

Dicey asintió.

–¿Está seguro de que es mamá?

–Sus huellas dactilares son iguales que las que le tomó el hospital cuando nacisteis vosotros, niños.

–¿Por qué se las tomaron? –preguntó Dicey, sin saber por qué lo preguntaba, sin que le importara lo que le contestarían.

–Para asegurarse de que las madres y los bebés vayan juntos. Toman la de los pies de los bebés. Así nadie los puede confundir.

–Oh.

–Y he conseguido una foto.

Dicey tomó la fotografía. Contempló el rostro ausente de una mujer tumbada en la cama, con el pelo muy corto y sus ojos avellanados mirando fijamente a la cámara sin ninguna expresión, como si ni la cámara ni el fotógrafo estuvieran ahí. Su cara parecía muy abatida y vacía, muy lejana, como si estuviera colgada a muchos kilómetros por encima de la tierra y nada de lo que pasara abajo en el pequeño planeta pudiera preocuparle.

–Le han cortado el pelo –dijo Dicey–. ¿Están seguros de que no se puede curar?

–Esos encoge-cabezas nunca están seguros de nada. Pero están casi todo lo seguros que pueden estarlo.

–Podría ir a verla –sugirió Dicey.

–Yo no lo haría, pequeña. Estarán en contacto con nosotros por si hay algún cambio, y entonces quizá pueda hacerle bien.

–Sería mejor que la olvidaras –dijo el padre Joseph.

–¿Y qué pasa si no quiero? –preguntó Dicey, indignada.

–No quería decir eso. Me refiero a que es mejor no tener falsas esperanzas.

Dicey mantuvo la boca callada.

–Pobre Liza –dijo prima Eunice–. Sólo tiene cinco años menos que yo. ¿Lo sabías?

Prima Eunice sirvió más tazas de té, y Dicey las fue pasando. Los adultos hablaban alrededor suyo y por encima suyo, hablaban de procedimientos de adopción y de solicitudes a la asistencia social

–Sammy está a prueba aquí –le dijo prima Eunice al padre Joseph.

Él asintió.

–Igual que Maybeth –le respondió él.

–Prima Eunice negó con la cabeza pero no dijo nada. Dicey salió de la habitación. Oyó que prima Eunice la llamaba para que volviera y el padre Joseph decía que la dejara marchar.

Maybeth estaba dormida y Sammy también. James no. Dicey se desnudó y se tumbó en su catre. Tenía la mente en blanco.

–¿Qué hay de mamá? –cuchicheó James.

–¿Cómo te has enterado?

–Ese policía... vinieron en un coche de policía.

–Mamá se ha vuelto loca –le informó Dicey con voz deprimida–, y no creen que se ponga mejor. Está en un manicomio. Estaba en Boston. ¿Cómo piensas que llegó hasta Boston?

James se incorporó.

–¿Qué tipo de locura?

–Del tipo en que uno sólo está acostado en la cama y no hace nada. James ¿crees que Maybeth es como mamá?

–Sí.

–¿Crees que Maybeth puede volverse loca así?

–Sí. Si... si se ve obligada. ¿Sabes? Mamá tenía cuatro hijos y no tenía trabajo. Nuestro padre la dejó plantada.

–Pero éramos felices, ¿no? Cuando estábamos en Provincetown. Sé que lo éramos. Entonces mamá no estaba loca.

–Quizá. No lo sé, Dicey. ¿Significa eso que éste es nuestro hogar?

–Ajá. Supongo. No lo sé, James. ¿Te gustaría?

–Estoy en una buena escuela –dijo James–. Nunca he estado en una escuela como ésta, donde todos los profesores saben muchísimo, les gusta que hagas preguntas y siguen dándote más trabajo. No se ponen nerviosos por nada, ¿sabes? Bueno, por decir palabrotas y esas cosas. Pero están tan seguros de que tienen las respuestas, que no les importa que les hagas preguntas. En esta escuela, me siento satisfecho de verdad. Puedo aprender todo lo que quiera... ¿sabes cómo sienta eso, Dicey? Los padres me enseñan cómo hacerlo y yo aprendo. Más vale que creas que soy feliz.

–¿Debemos contárselo a Sammy y a Maybeth?

–¿Lo de mamá? Imagino que sí, algún día. Ahora mismo no. ¿O quizá sea mejor ahora mismo?

Así que despertaron a los dos pequeños y les contaron las malas noticias. Maybeth se limitó a asentir y se sentó más arrimada a Dicey en el catre. Sammy se enfurruñó.

–Quizá se ponga mejor a pesar de todo –declaró–. Además, ¿cómo van a saberlo todo? No me importa lo que digan. No me los creeré.

Dicey le sonrió, incapaz de abrir más la boca como para dejar salir todos los sentimientos que la boba terquedad de él le producían. Luego empezó a llorar.

–Lo siento, Dicey –dijo Maybeth.

–Yo también –dijo Dicey, ocultando su rostro en el pelo de su hermana–. Yo también lo siento.

Ahora tenía que irse el lunes y averiguar rápidamente cómo era Crisfield. Cómo era su abuela. Prima Eunice se movería y lo removería todo, y antes de que ellos lo supieran, los Tillerman estarían adoptados. O alguna cosa peor.

No es que Dicey fuera desagradecida. Quizá pudieran quedarse aquí. La casa de prima Eunice quizá fuera el mejor sitio para ellos, incluso para Sammy y Maybeth. Quizá fuera lo mejor que podían hacer, aun cuando Sammy y Maybeth tuvieran que irse a otro sitio. Pero Dicey tenía que saberlo seguro.

Aquel fin de semana llevó la familia a la playa. Se esmeró sobre todo en prestarles atención. Rió las bromas de Sammy, jugó a hacer la rueda en la arena con él y trotó dentro del agua con él a hombros hasta quedar agotada. Construyó castillos con Maybeth, decorándolos con pedazos de conchas y piedras de colores, contando cuentos de princesas y gigantes. Habló con James de historia y de ciencia, escuchándole con atención, de manera que sus preguntas demostraran que estaba interesada de verdad.

El lunes por la mañana les acompañó a todos a las colonias y a la escuela. En la puerta, Sammy se mostró indeciso y dijo:

–¡Ojalá siempre fuera fin de semana!

Dicey le despeinó el pelo.

Maybeth soltó la mano de Dicey y se fue lentamente hacia donde estaban las niñas pequeñas. Su vestido era demasiado largo para ella. Se la veía desgarbada.

Dicey le pidió a James que recogiera a los pequeños.

–No he cerrado la puerta con llave. Tengo algo que hacer –le explicó–. ¿Puedes irles a buscar al final del día? Y no te retrases... Maybeth se pone nerviosa.

James sonrió alegremente por encima de su montón de libros.

–¡Claro que sí! –dijo. Subió corriendo los escalones hasta la puerta y se volvió para decir adiós con la mano antes de meterse dentro.

Dicey se apresuró a regresar a la casita gris. Ya les había dicho a sus clientes que esta semana iba a estar fuera. Sacó el maletín de debajo de la cama y metió en él ropa interior, cepillo de dientes, camisetas limpias y pantalones cortos. Metió la caja de zapatos con su dinero, el horario de autobuses y el mapa de Maryland. Se puso un vestido para el viaje.

Una vez en el piso de abajo, escribió una nota precipitada para James, pidiéndole que hiciera de responsable hasta que ella volviera, contándole a dónde iba y diciéndole que lo sentía pero que tendría que contárselo él a prima Eunice. Puso su llave de la casa en el sobre y lo cerró. Escribió el nombre de James delante y lo dejó encima de la mesa de la cocina. Maleta en mano, Dicey abrió la puerta de entrada.

James estaba sentado en los escalones de la entrada.

–¡Me lo imaginaba! – se jactó James, riéndose de que ella se quedara parada, boquiabierta, con la maleta en una mano y el tirador de la puerta en la otra–. ¡A mí no me engaña nadie!

–Te he dejado una nota –dijo Dicey–. Tengo que darme prisa o perderé el autobús.

–El próximo autobús no sale de Bridgeport hasta las diez –respondió James, y le sonrió satisfecho–. Tienes toda una hora.

–¡James! –gritó Dicey–. Has estado fisgando en mis asuntos.

–Y eso se le ocurrió a Sammy, gracias al horario de autobuses –dijo James–. Cuando encontré esa caja con dinero, se lo conté. Además, estaba aquel hombre en el parque, el tendero. Puedo ser un buen detective. Nos vamos contigo.

–No tengo bastante dinero –dijo Dicey– ¿Y Maybeth qué?

–Ya se te ocurrirá algo –dijo James–. De todas formas, ¿adónde vamos?

–Pero ¿y la escuela? –preguntó Dicey –. Quiero decir que tú eres aquí el único feliz de verdad. Regresaré, y tú lo sabes.

–¿Cómo voy a saberlo? –le preguntó James–. Sé a lo que te refieres... pero ¿y si no puedes? ¿Y si no regresas?

–¡Yo no haría una cosa así! –protestó Dicey.

–¿Cómo lo sabes? ¿Cómo se puede saber? No quiero que me dejes. Además, la escuela... bueno, ¿Dicey? Escucha. Es a mí a quien la escuela parece tan buena, a mi cerebro. A otros chicos no les gusta tanto como a mí. Y libros hay en todas partes, en las bibliotecas. Los padres me ayudan, una barbaridad... pero tiene que haber otras escuelas con buenos profesores. Incluso si no hay, siempre puedo contar conmigo.

–¿Estás seguro, James?

–Estoy seguro de que quiero ir contigo. Y Sammy también.

Dicey no podía reflexionar con claridad. No podía en absoluto.

Sammy se acercaba decidido hacia ellos.

–He cruzado cuatro calles con semáforos –proclamó–. ¡Oye, Dicey! No me creí a James, pero tenía razón.

Dicey ni siquiera intentó discutir más. Entraron todos de nuevo. Dicey mandó los chicos arriba para que recogieran ropa interior de repuesto para todos, camisetas y pantalones cortos. Ella misma se puso los pantalones cortos. Escribió otra nota, esta vez para prima Eunice, una nota mucho más difícil de escribir. Dicey sabía que, pusiera lo que pusiera, prima Eunice no lo entendería.

«Nos vamos a Crisfield –escribió–. No quiero que se preocupe por nosotros, porque yo cuidaré de todos. No sé qué ocurrirá allí. Cuando lo averigüemos, la escribiré –Dicey mordía la punta del lápiz e intentaba pensar en alguna forma de hacerle saber a prima Eunice que le estaban agradecidos–. Pase lo que pase con nosotros, creo que debería seguir adelante y hacerse monja porque es lo que usted desea de verdad –escribió–. Su prima, Dicey Tillerman.»

Una vez más, puso la llave dentro del sobre y lo cerró.

Dicey fue a buscar a Maybeth. Los chicos esperaron en la esquina con la maleta.

Dicey se dirigió directamente al patio. Grupos de niñas pequeñas corrían por todas partes. La monja joven se le acercó. Dicey tomó aliento profundamente.

–Vengo a buscar a Maybeth Tillerman –dijo–. Soy su hermana. La hermana Berenice dice que he de recogerla ahora –mintió.

La hermana estaba indecisa. Miró a Dicey de soslayo.

–Puede ir a preguntarle a la hermana Berenice si quiere –dijo Dicey–. Pero entonces llegaremos tarde a la cita de Maybeth y se enfadará.

La monja hizo venir a Maybeth desde el cubículo de la arena, donde estaba jugando sola. Dicey tomó la mano de la niña y salió lentamente por la puerta. Tenía que refrenarse para no salir corriendo.

–¿Dónde vamos? –preguntó Maybeth.

–Vamos a ver el sitio en que vivía mamá de pequeña.

–¿Todos juntos?

–Todos juntos –dijo Dicey–. Los Tillerman sólo viajan así.